Juni 2013

© Annette & Norbert Sütsch
Umschlaggestaltung
Willi Mayerhofer,
www.willi-mayerhofer.de
Herstellung und Verlag:
BoD – Books on Demand, Norderstedt
ISBN 978-3-7322-4357-0

Pardon Provence

Inhalt

Prolog provencale	5
Charme, Chuzpe und Champagner	15
Glamour, Glaube, Gloria	27
Abenteuer Auto	38
Strom und Telefon	49
Marder-Alarm	61
Feuer und Flamme	71
Immobilien-Tücken	82
Crime an der Cote	92
Kulinarische Kuriositäten	101

Prolog provencale

Leben wie Gott in Frankreich – wer hat von diesem längst legendär gewordenen Wunsch nicht schon einmal geträumt; vielleicht sogar immer und immer wieder. So unwahrscheinlich es bei nüchternen Gedanken daran anmutet: das scheinbar Unerreichbare ist – Bonität vorausgesetzt und wenn die Sterne günstig stehen – durchaus machbar. Ja, Träume können mit etwas Mut manchmal tatsächlich zur Realität werden.
Zumindest eine Zeit lang. Ist doch immer noch besser als gar nicht.

Als Grande Nation ist das vom Olymp geadelte Frankreich bekanntermaßen nicht gerade arm an beneidenswerten Landschaften. Jede von ihnen macht einen Besuchs-Aufenthalt – egal ob kurz oder lang – wegen dem ganz individuellen Natur-Charme zu einem innerlich unvergesslichen Flug über den altbekannten, von Routine geprägten Tellerrand des heimischen Kuckucksnests.
Beispielsweise eine Reise ganz tief hinein in das unverfälschte, in einem gemächlichen Takt schlagende Herz der naturbelassenen, altehrwürdigen und doch ewig jung bleibenden Provence. Oder auch ein Abstecher zu den am Provence-Meer liegenden, vom Massentourismus verschonten Buchten mit unvergleichlich malerischen Küstenstreifen; allgemein bekannt als Cote d´Azur.
Das zurecht an Blau erinnernde Wort ist – von Ausnahmen abgesehen – nicht der Promille-Verfassung der Provence-Bewohner geschuldet, sondern von den ständig wechselnden Opal-Farben des hier liegenden, traumhaften Meeres inspiriert.
Natürlich sind leider – wie überall, wo´s schön ist – auch an diesen verzaubert wirkenden Küstenstreifen maßlose Jetset-Hochglanz Domizile aus Beton-Design auszumachen. Vom nostalgischen Blickwinkel her eine mehr als optische Beleidigung für jeden Provence-Romantiker. Das geht schmerzhaft ins Gemüt. Gegen die zwangsläufig aufkeimende Depression hilft nur eins: die Armada der architektonisch etwas deplazierten Anwesen nicht emotional, sondern einfach mal ganz rational zu betrachten. Was zugegebenermaßen schwer fällt. Aber der schnöde Mammon regiert – und ruiniert früher oder später – eben auch die Provence. Doch als Realist muss man ganz ehrlich zugeben: unsere Wirtschaft lebt – und

das nicht gerade schlecht – auch von dem illustren Boulevard-Blätterwald. Und der braucht nicht nur in dem klassischen Sommerloch das dolce Vita der High Society mit dekadenten Events und Skandal-Shots für sein tagtägliches oder wöchentliches Bilder-Menu samt spartanischem Text. Allein wegen den hochpreisigen Werbe-Anzeigen. Die kurbeln die Wirtschaft an; und davon profitieren wir alle. Voilà, schon sieht doch alles anders aus: irgendwo müssen die internationalen Promis, Schönen und Reichen in diesem unvergleichlichen, paradiesischen Naturgeschenk ja wohl standesgemäß nach ihrem Gusto wohnen dürfen. Wenngleich manche es mit ihren Image-Bauten unstritig proll-protzig übertreiben. Sei`s drum. Es ist eben nichts perfekt vollkommen, nicht einmal die Provence – speziell in und um Saint Tropez.

Doch abgesehen von monetären Auswüchsen hat fast alles an und in dieser südfranzösischen Region eine wundersame Ausstrahlung. Dafür sorgt ein immer wieder neuer, je nach Sonnenstand wechselnder Farb-Kosmos, der sich sanft und nie brachial auf die ineinander-fließenden Landschafts-Charaktere legt. So entstehen Idyllen, die mittlerweile fast alle zu Unrecht ein wenig zum Klischee verkommen sind: durch die stereotype, jedem sattsam bekannte Ablichtung auf mehr oder minder gelungenen Postkarten-Motiven. Die meisten davon nervend inflationär in malerischen Provence-Tönen strahlend, gepaart mit folkloristischer Malkasten-Farbgebung. Gut, dass es noch begnadete Maler gibt, die eine gekonnt individuelle Note der provencalischen Licht-Welten samt genial abstrahierten Landschafts-Motiven auf ihre Leinwand bannen.

*

Ein glücklicherweise wenig beachtetes Kontrast-Kleinod der Provence sind die in Ehren gehaltenen, historischen Herrschafts-Residenzen. Sie sind meist im Landesinneren weit ab vom Touristenstrom zu finden. Laut historischen Quellen wurden die durch ihre exponierte Lage weit sichtbaren Gebäude für den – zumindest en theorie – unüberwindlichen Widerstand vor heimtückischen Feindesangriffen erbaut. Entstanden sind sie über Generationen natürlich auch aus demütiger und devisenhafter Verneigung vor dem jeweils

herrschenden Glauben. Das Versprechen auf Erlösung im Orbit ließ man sich einen wahrhaft großzügigen Obolus kosten. Die angrenzenden, nicht minder aufwendig gestalteten Parkanlagen sind für das Auge jedes Botanik-Insiders ein opulentes Open-Air Museum aus grünen Harmonien, wie sie nur geniale Naturkenner komponieren können. Selbst erfahrene Landschaftsgärtner können da schon mal ins Staunen und Schwärmen geraten.
Nicht unerwähnt bleiben darf, dass die imposant konstruierten Naturstein-Domizile letztlich auch dazu dienten, den eigenen Macht-Anspruch zu untermauern; über eine wirtschaftlich für damalige Verhältnisse exzeptionell interessante Region. Scharmützel und Schlachten mit neidvollen Aggressoren gehörten – wie der dabei unvermeidliche Blutzoll – zum gängigen Alltag. Die gepredigte Religions-Moral unterlag dabei dem Macht garantierenden Mammon. Jedwede Menschenrechte waren auch damals „schon so was von out" – wie es ein deutscher Vizekanzler für die Jetztzeit angesichts von Wirtschafts-Interessen formulierte. Doch hier soll nicht in das weite, blutige Feld von Politik abgeschweift werden. Also zurück zu Erbaulicherem.
Prall Buntes ist bei diesen aufwendig durchdachten Bauten zumindest außen kaum zu finden; wenn überhaupt, dann sehr spärlich im wehenden Wappenzeichen der Herrscher-familie-Fahne. Dennoch sind die in die Jahre gekommenen Schloss-Burgen noch heute magisch schön. Dank ihrer stolzen Seele erheben sich die ergrauten, auf Wald gesäumten Bergen oder kargen Felsmassiven stehenden, wuchtigen Reliquien mit etwas Phantasie bis in den Himmel – selbst wenn nur noch Ruinen von den einst erhabenen Bauwerken überlebt haben. Es hält halt nichts ewig. Mit einer Ausnahme: den in solcher Umgebung geborenen Mythen und Sagen aus alter Zeit. Sie sind unsterblich.
Vielleicht auch deshalb kann sich niemand dem Kinderbuch-Zauber der verwunschenen, urprovencalischen Korkeichen-Märchenwälder entziehen, wenn er noch ein Herz hat für die Magie der Natur. Manchmal siegt das nicht Fassbare und Unerklärliche eben über jede Logik. Und das ist auch gut so.
In diesem verwucherten, verwachsenen, keinerlei Ordnung unterworfenem Labyrinth stand und steht die Zeit still. Aus Ehrfurcht vor den krumm geneigten Stämmen, dem verschlungenen Ast-Wirrwarr und unzähligen chaotischen

Blatt-Choreographien, durch die nicht einmal das Vollmond-Licht dringen kann.

Sollten Sie auf einer der ausnahmslos verdammt schmalen, geschlängelten Straßen durch diese knorrige Rindenstamm-Baumlandschaft die kleinwüchsige Gestalt eines Zwergs entdecken, der seinen knuddeligen Tramper-Daumen rausstreckt – bitte nicht wundern; sondern trotz mulmigem Gefühl unbedingt anhalten und den einem Märchen entsprungenen Gesellen mitnehmen. Ihnen passiert nichts. Sie werden weder entführt noch ausgeraubt oder gar noch Schlimmeres. Er steigt einfach irgendwo unbemerkt durch die geschlossene Beifahrertür wieder aus. Aber seine besten Wünsche begleiten Sie fortan für ihr freundliches Handeln. Immer und überall.
Zumindest erzählt man dies in einheimischen Kneipen – mit konspirativ gedämpfter Stimme – den staunenden Touristen. Auswärtigen Gästen, die wohl nur einmal den Weg in eines dieser abgelegenen Restaurant-Bistros finden, kann man natürlich einiges an Storys auftischen. Ob wahr oder nicht spielt dabei keine Rolle. Denn schon morgen wird es die Tages-Ausflügler in der Mehrzahl voraussichtlich wieder in Richtung Sonne, Küste und Strand ziehen. Irgendwie verständlich. Übernatürliche Phänomene bringen jedes gängige materielle Weltbild ins Wanken. Wieder zuhause kann man damit kaum punkten. Mit der schwärmerischen Beschreibung des Sause-Faktors von dem begehrten Urlaubsziel schon eher.
Wenngleich weder bemüht ausgewählte Worte, noch malerische oder photographische Versuche dem Natur-Charme am azurblauen Meer mit seinen Küstenwelten gerecht werden. Sie gleichen einem Kaleidoskop aus Idyllen mit Felsformationen, die bannend bizarr an knitze Gnome oder göttliche Gestalten aus unbekannten Tolkien-Sphären erinnern. Dazu kommen farbenprächtig wilde Pflanzenwunder, eingerahmt von nur aus Duft bestehenden Kräutern. Und als Zugabe ständig wechselnde Ausblicke zu dem unendlichen Horizont hinter dem lichtdurchfluteten, seidenen, lebendigen Meeres-Teppich.

Wellen und Schaumkronen werden zu sichtbaren Impressionen der Ewigkeit. Gedanken an Termine, Probleme, Stress, eben den ganzen normalen Alltags-Wahnsinn haben hier endlich mal Pause.

Um jetzt nicht ungerechterweise einseitig ins Schwärmen zu geraten, sei daran erinnert: auch die urige Provence ohne jeden Meeresblick wärmt mit ihren traditionell geprägten Landschaften die Seele. Wegen der hier seit Generationen sesshaften Bevölkerung, die ihre Heimat wahrhaft respektiert. Dem Bann der erhabenen Zypressen, Olivenhainen, Zitrusbäumen, Piniengruppen und Würz-kräuter kann sich niemand entziehen. Die hier zu findende Ursprünglichkeit bringt ohne Worte das Gefühl zurück, wie schön das Leben ohne aufgesetzten Prunk eigentlich sein kann: schlicht formidable.

*

Die Provence brilliert eben wie eine Goldmedaille mit zwei Seiten: den Küsten-Landstrichen und dem Landesinneren dieser südfranzösischen Region. Umso schöner, dass beide auf ihre eigene Art angenehm einmalig sind. Und zeitlich näher beieinander liegen als Sonnenuntergang und Sternenhimmel.

Man hat also die wirklich angenehme Qual der Wahl, wohin der eigene Weg als Tourist oder Langzeit-Bewohner jeden kostbaren Tag auf's Neue gehen soll.

Sauber recherchierte Reiseführer, bei denen nicht aus anderen – etwas neu formuliert – abgeschrieben wurde, gibt es in reichlicher Auswahl. Zu erkennen sind die Besten meist am Verlag und am Preis. Knausern wäre bei dieser Buch-Investition fehl am Platz. Die versteckten Geheimtipps in der mit einem besonderen Charme gesegneten Provencal-Landschaft – sei es im Landesinneren oder am Meer – werden in engagierten Reiseführern nicht nur angemessen beschrieben, sie imaginieren sich bereits beim Lesen vor dem inneren Auge. Na und so ein Kauf lohnt sich allemal.

Doch selbst ein Ausflug ohne literarische Anleitung, einfach so immer der Nase nach, ob zu Fuß, mit dem Velo oder einem PS-Gefährt, kann gar nicht schief gehen. Egal ob entlang der Küste oder Richtung Pampa. Früher oder später führt die in dieser Gegend erwachende Intuition auf eine Entdeckungsreise in vergessene oder verschütt gegangene Emotionen für Düfte und Farben. Dazu kommt das Staunen über eine bodenständig geheimnisvolle Harmonie aus eigenwillig charmant schrulligen Menschen; und ihren alten, jede Statik ignorierenden, ohne irgendwelche Bauvorschriften gepflegten

Bauerngehöfte voller provencalischer Identität. Von ganz allein erreicht dieser Anblick jedes Gemüt mit der überzeugten Gewissheit, dass eigenwillige Renovierungen und abenteuerliche Anbauten – solange sie halten – mit Demut geachtet werden sollten – und einem gelungenen Wein. Denn all das ist ein unermessliches Geschenk des Himmels. Meist unerklärlich, aber immer voller würziger Würde, die man sieht, riecht und schmeckt.

Für begeisterte Fuß-Marschierer empfiehlt sich zu dem Erwerb des passenden Reiseführers dringend die Investition in eine spezielle Wanderkarte für die jeweilige Region, die per pedes erkundet werden soll. Denn es existieren nur noch wenige, am besten auf stabilen Sohlen zu meisternde Wege. Und die sind eher schlecht als recht mit fahrig-hastigem, meist gelben Pinselstrichen markiert. Zu finden ist die zur Orientierung dienende Farbe manchmal auf halbhohen Felsen, an absterbenden Baumstämmen, oder auf Steinen, die nur noch kaum sichtbar im Boden ruhen; und manchmal leider gar nicht. Der Südfranzose hat es halt nicht so mit dem Laufen, egal in welchem Tempo. Deshalb immer die Wanderkarte als erste und letzte Hilfe mitnehmen, um nicht von jeder Art Pfad abzukommen. Urlaub soll schließlich Spaß machen. Und der vergeht einem, wenn vor lauter Gestrüpp nur noch mit einer Machete ein Weiterkommen möglich ist.
Ohne den Nörgler raushängen zu wollen: ein gewisser Frust ist häufiger als erwünscht fast überall für leidenschaftliche Velo-Fahrer garantiert. Immerhin, spärlich beschilderte Routen weisen – wenn auch sehr rar platziert – offizielle Zweiradwege aus. Doch ohne Vorwarnung ist plötzlich nichts mehr von separatem Fahrradweg-Streifen neben der Straße zu erkennen. Die mehrspurige Auto-Fahrbahn dient dann – nolens volens – auch als Fahrradweg. Zumindest für ein paar Kilometer. Es braucht gehörigen Mut, bei dem halsbrecherischen Fahrstil mancher Franzosen im Sattel zu verharren. Wer seine Gesundheit liebt, steigt lieber ab und schiebt. Selbst Profi-Rennradler können ein schmerzvolles Lied davon singen, welche Stürze und Blessuren sie beim Training auf diesen Straßen-Abschnitten erlitten haben.

Trotz alledem lohnt sich – vorzugsweise per pedes oder mit dem Auto – der Aufwand, eher unbeachtete Wege und Routen durch die Provence auf sich zu nehmen; statt immer nur träge

am Strand abzuhängen und dabei literweise Kopfweh garantierenden Karaffenwein in sich rein zu schütten. Zu Preisen, bei denen einem schlecht werden kann.
Bei einem Erkundungs-Ausflug könnte die aufkeimende Phantasie, wie das weit oben an einem dicht bewachsenen Berg gewaltig erhaben dastehende Kastell dort eigentlich hingekommen ist, einen kleinen Roman füllen. Denn ein Weg, eine Feldpiste, oder gar eine Straße lässt sich auch per Fernglas nicht entdecken.
Es wird für die Erstellung des aus Natur-Steinen erschaffenen grandiosen Baukunst-Objektes mindestens soviel Theorien geben, wie für den Bau der ägyptischen Pyramiden. Und die Frage, ob dieses mit Zinnen geschmückte, gigantisch massive Meisterwerk wohl noch bewohnt ist, lässt sich selbst in der nahe gelegenen Kneipe kaum wirklich gesichert erfahren. Die einzige unstrittige Antwort vom Theken-Patron ist: natürlich wird das antike Schmuckstück ganz sicher genutzt und bewohnt – zumindest von Fledermäusen. Der Humor der Einheimischen kann eben ab und an etwas gewöhnungsbedürftig sein.

Ohne nun borniert werden zu wollen: mindestens einmal im Leben muss in der Provence ein mit vollem Natur-Lila strotzendes Lavendel-Feld besucht, und am besten gemächlich achtsam durchschritten werden. Nicht einmal Van Goghs Natur-Gemälde mit violetten Blütenmeeren können wiedergeben, welche bannende Brillanz samt einem unvergleichlichen Geruch diese riesig langen, aus Violett-Tönen gewobenen Farb-Leintücher ausstrahlen. Bilder, selbst die teuersten Meisterwerke, duften nämlich leider nicht. Also, ab ins Feld und tief einatmen. Der Genuss ist genial und gratuit. Und Kostenloses findet sich in der Nähe der Cote d`Azur höchst selten.
Inspiriert von diesem großen Kino für Nase und Seele, ist es empfehlenswet, einen Besuch in der Parfum-Hauptstadt Grass nicht zu versäumen.
In einer der dort ansässigen größten Duftfabriken kann man – Anmeldung vorausgesetzt – sein eigenes Parfum ohne Erfolgsgarantie nach Gutdünken selbst mischen. Unter professioneller Begleitung einer Angestellten, die fließend die Sprache ihrer Kunden beherrscht. Preislich strapaziert das Ergebnis offene Duftgebräu die Nerven nicht über Gebühr.

Der Firmen-Fürst der Geruchs-Stoffe, die „Nase" genannt, schnuppert auch mindestens einmal vorbei. Er begutachtet den Stand der amateurhaft mit Verve und Chuzpe kombinierten Duft-Elemente. Mit einem professionellen Tipp verleiht er ohne jede aufgesetzte Autorität der bisherigen Zusammenstellung – freundlich lächelnd – eine noch interessantere Note.
Und nach gut drei Stunden Experimentier-Exzessen wird dem fertig gestellten, individuellen Parfum-Gemisch ein frei wählbarer Produkt-Name gegeben. Das ist obligatoire. Lassen Sie bei der Wortschöpfung ihrer kreativen Phantasie freien Lauf. Die selbst erfundene Benennung dient nicht zuletzt als Password für das Duft-Unternehmen. Mit einer im Preis inbegriffenen Kenn-Nummer und einem aufwendig gestalteten Zertifikat kann das nach eigenem Gusto entworfene Parfum noch Jahre später nachbestellt werden. Samt Bodylotion und Badezusatz. Klingt ein wenig nach Münchhausen, stimmt und funktioniert aber wirklich. Denn die Mischanteile des persönlichen Geruchs-Logos werden per Computer erfasst und für alle Ewigkeit gespeichert. Fragt sich nur, wie lange es die natürlichen, teils exotischen Ingredienzien für die zweifelsfrei einmalige Duftkombi noch gibt. Oder das Parfümerie-Unternehmen.

Wer eine Tagesreise ins Innere der Provence macht, hat danach nicht nur schwärmerisch etwas zu erzählen, sondern zwischendrin irgendwann auch mal Hunger. Doch wie findet sich ein traditioneller Gasthof, in dem die Küche dem Namen provencalisch gerecht wird; weil seit Generationen die alten Rezepte bestenfalls um Nuancen verfeinert, und damit bereichert wurden?
Eine, wenn nicht die einzige Möglichkeit ist, sich höflich danach zu erkundigen. Am besten in einer keine Speisen – außer Erdnüsse – anbietenden Bar, bei der ständig Pferde-Wettscheine und gut gefüllte Pastis-Gläser über den Tresen gehen.
Bei der Bestellung eines halben Liter des offenen Hausweins lässt sich – mit der Einladung des Wirts auf ein Glas – die Nachfrage nach einem Restaurant mit günstigem, traditionellem Mittags-Menu recht unaufgesetzt platzieren. Der Patron hat garantiert eine perfekte Empfehlung. Ohne groß nachzudenken, aber den Lokalitäts-Namen zunächst vermeidend, lobt er – meist recht ausschweifend – die in

einem nahe gelegenen Geheimtipp zu findende Qualität der auswahlmäßig spartanischen, aber geschmacklich unschlagbaren Herdkost. Erst bei der nächsten Getränke-Bestellung, in der außer ihm wie selbstverständlich auch eine Handvoll Stammgäste integriert sind, verrät er einem den Namen des bodenständigen Gourmet-Tempels; und beschreibt den Weg dorthin ganz genau.

Der wegen der großzügigen Einladung des Wirtes und den üblichen Tresen-Verdächtigen stets etwas kostenintensiv geratende Aperitif lohnt sich: mit der auf einen Wettschein gekritzelten Routen-Beschreibung ist der eigentlich nur Einheimischen bekannte, vom Bruder des Wirts geleitete Gasthof ohne gröbere Verirrungen zu finden.

Etwas irritiert muss vor Ort – nach der fast familiär-vertrauten Begrüßung – die höfliche kulinarische Information zur Kenntnis genommen werden, dass es in dem schlichten, recht kleinen, aber sauberen Speiseraum– wie jeden Tag – nur ein Menu zur Auswahl gibt. Heute als Hauptgang selbst geschossenes Wildschwein-Gulasch, Vor- und Nachspeise frei wählbar; je nachdem, was gerade da ist.

Im angenehm niedrigen Komplett-Preis sind für jeden ein Glas Wein und zum krönenden Abschluss ein bescheidener Cafe und ein selbstgebrannter Schnaps inclus. Meckern kann da nicht mal ein Schwabe.

Als Alternative zur Einkehr in die Geheimtipp-Gastronomie bleibt der Besuch und Einkauf bei einem traditionell provencalischen Wochenmarkt. Die Stände sind überschaubar, aber ein Gedicht an kulinarischen Gerüchen; egal ob vom Käse, Schinken, den Würsten, den Oliven, dem Obst, dem Gemüse und dem gesamten anderen Angebot, das feil geboten wird. Die Erfahrung, wie Naturprodukte ursprünglich riechen, weicht doch positiv stark von der Ware im Supermarkt ab. Mit diesen regionalen Markt-Lebensmitteln lässt sich locker ein drei Sterne Picknick zaubern.

*

Zusammenfassend gesagt: die Provence und die von Rendite-Objekten verschonte Côte d'Azur sollten endlich als Weltkultur-Erbe anerkannt werden, damit sie nicht weiter verschandelt werden.

Denn die Zeiger oder Digitalziffern unseres verhetzten, nach Minuten organisierten Alltags im Job und dem Rest des Tages, ticken in dieser Region – außer in Touristen-Hochburgen – in einem eigenen beschaulichen Rhythmus.

Wir haben, egal ob als mies, korrekt oder unverschämt hoch bezahltes Rädchen im Hamster-Riesenrad der globalen Wirtschaft die mehr oder minder repräsentative Uhr als Taktgeber der gut geschminkten ökonomischen Galeere. Im Großteil der Provence und der traditionell belassenen Côte d'Azur regieren einfach nur der Sonnenstand, das Wetter, und die Jahreszeiten die Leichtigkeit des Seins. Die Natur allein bestimmt, was wann getan wird. Seit Generationen; und hoffentlich noch sehr lange.

Zugegeben, wo soviel magische Schönheit für den Gaumen, die Sinne, dazu der opalfarbene Himmel, das angenehm launische Meer und die sorglose Sonne zuhause sind, gibt es naturellement auch ein paar wenige Schatten-Szenarien. Die letztlich, wenn sie überstanden sind, mit einem inneren Schmunzeln enden. Von diesen kleinen Alltags-Problemchen und von sehr eigenwilligen Gepflogenheiten erzählen die nachfolgenden Geschichten.

Die Provence, zweifelsfrei ein Paradies mit Meer, möge diese augenzwinkernd gemeinte Majestäts-Beleidigungen verzeihen.

Charme, Chuzpe und Champagner

Wollten Sie nicht auch schon mal ihre Identität wechseln, ein Anderer sein und sich komplett neu erfinden? Mag sein, dass dies wenigen Lebenskünstlern – wie und wo auch immer – gelungen ist. Um keine unhaltbaren Illusionen zu wecken, muss nun sofort gesagt werden: mit dieser Lektüre, die Sie in der Hand halten, gelingt der imaginäre Versuch maximal ein paar Seiten lang. Mit welchem Resümee bleibt Ihnen überlassen. Doch sollte das gedankliche Reinschlüpfen in die experimentelle Pseudo-Existenz ab und an für ein Schmunzeln sorgen, wäre der Zweck dieses literarischen Kniffs erfüllt.

Also los. Jetzt mal nur so ganz fiktiv und spaßeshalber angenommen: Ihr Vorname ist Ernst. Sie haben eine florierende Firma in Allemagne und sich als Zweitwohnsitz ein Ferienhaus – das der Kategorie Pool-Villa entspricht – nicht weit von Saint Tropez gegönnt. Prima, dann ist Ihnen – von Freunden aller Art plötzlich „unser Ernst" genannt – mehrheitlich der versteckte Neidfaktor garantiert. Was Sie weniger juckt als ein Mückenstich. Denn dank den stetig wachsenden Bank-Konten – auch in Oasen ohne Wasser – baumelt ihre Seele ab und an, oder irgendwann gar für immer in überschaubarer Distanz zu dem Postkarten-Hit der Provence. Denn das trotz oder wegen seinem geheiligten Namen unbestritten bizarrste und gleichzeitig idyllischste Fischerdorf an der südfranzösischen Küste steht mittlerweile für historische Hallelujas und Hautevolée Highlights ohne Limit.

Deshalb gebührt dem einst kleinen Ort mit der bewegten Vergangenheit – bevor es zurück zum Ernst geht – eine etwas detaillierte, zurück blickende Beschreibung. Spätestens nach dem dritten Pastis könnte sich nämlich Amateur-Historikern die Frage aufdrängen, welchem Heiligen eigentlich die Sakrileg-Ehre widerfuhr, als Schutz-Symbol von Gottes Gnaden über Glaube, Sitte und Moral in dem architektonisch nostalgischen Straßen-Labyrinth herhalten zu dürfen? Und welchen triftigen Grund gab es dafür?
En Theorie kommt da einiges an Spekulationen und Gerüchten zusammen. Gut, keiner von uns war bei der religiösen Namensgeburt dabei. Doch als einzig wirklich seriös fundiert gilt folgende Version: einer Legende nach, die in fast

allen Kultur-Reiseführern ausführlich erwähnt wird, war der Namensspender ein Offizier Namens Tropez unter der Herrschaft von Kaiser Nero.
Wir befinden uns also in den Fünfziger Jahren n. Chr. Der dekorierte Kämpfer beging den damals tödlichen Fehler, dem Christentum beizutreten. Die Folgen: Exekution durch Enthauptung und Aussetzung seines Leichnams in einem ausgemusterten Kahn. Dann ab dafür ins Mittelmeer.
Ja, die Sitten waren rau im alten Rom. Die bereits beim unkontrollierten Auslaufen etwas malträtierte Nußschale strandete gemäß der anerkannten Überlieferung exakt im Jahr 68 ausgerechnet am Strand des um diese Zeit eher unbedeutsamen, mittlerweile weltweit bekannten Fischerdorfes.
– Jaja, immer diese Achtundsechziger.
Das hölzerne Ruderboot überstand die unfreiwillige Überfahrt auf wundersame Weise mit himmlischer Hilfe; so wie weiland Moses Weidekorb.
Angeblich war der kopflose Offizier im Kahn nicht allein, sondern hatte als Begleiter einen Hahn und einen Hund an Bord. Ihre Namen, so sie welche hatten, sind unbekannt. Auch über das weitere Schicksal der beiden tierischen Weggefährten weiß die Geschichte nichts Genaues. Eigentlich gar nichts.
Ebensowenig lässt sich mit Sicherheit sagen, weshalb die das Jahr über in der Stadtkirche stehende, vergoldete Holzfigur von Offizier Tropez (samt posthum nachgestelltem Kopf und Helm) erst seit knapp 400 Jahren Mitte Mai durch das Städtchen getragen wird. Und zwar bei dem malerisch feierlichen „Bravade"-Umzugsfest. Die touristisch angehauchte Prozession führt über eine recht willkürliche, angeblich traditionelle Route. Tja, irgendwo muss der teils auch militärisch daherkommende Zug ja entlang geführt werden. Zu Ehren von Offizier Tropez. Er selbst als gestrandeter Kopfloser konnte nun mal keinen verbrieften zweiten Jakobsweg mehr gründen.
Als Höhepunkt dieses Reliquien-Show Marsches gelten die Musketensalven, die nervtötend aus antiken Feuerrohren über die Dächer und das Meer dröhnen.
Doch soviel Dezibel intensive Hommage an den Namenspatron muss wohl sein. Der Mai darf an diesem Tag ausnahmsweise außer lau auch mal laut sein.
Einen eigenen Eindruck des Stadt-Heiligen können Sie sich den Rest des Jahres in der offiziell angeblich täglich

geöffneten Kirche „St. Tropez" machen. Sie ist leicht zu erkennen an ihrem barocken Turm und den schmucken Bahnhofsuhren an allen Seiten. Ringsum; unübersehbar. Bei einer geplanten Visite ist es dennoch ratsam, sich vorab über die Einlass-Möglichkeit zu erkundigen. Selbst Saint Tropez hat klassische, ungeschriebene südfranzösischen Alltags-Gesetze. Punktgenaue Zeitangaben über den Einlass zu historischen Highlights aller Art gehören nicht unbedingt dazu.

Viele Jahrhunderte nach der Strandung des heiligen Offiziers haben Titelblatt-Legenden wie Bardot, Sachs, Belmondo, Romy, Delon und vergleichbare Größen den zufälligen Anlege-Ort des Leichen-Kahns zu einem leicht versnobten, von der Patina lebenden Kleinod gemacht; mit ständig wachsenden Hafen-Liegeplätzen.
Die Jachten vermehren sich wie schwimmende Karnickel. Eine deshalb notwendige großzügige Stegmauer-Verlängerung war kein Problem, das sich nicht mit einem angemessen gefüllten Köfferchen hätte lösen lassen. Selbst um den Preis, dass der mit kleinen Furchen verwitterte, klassische Anlege-Pier mit seiner urig-herben Patina durch den Anbau optisch nun fast untergeht.
Möchtegern-Promis, echte Stars und Stiletto-Sternchen sorgten vollends für das Hautevolée-Image des immer noch malerischen Fischerdorfes, das von Jahr zu Jahr in der Hochsaison immer mehr zur Hochglanz-Ikone aus Luxus und Libido mutiert. Eben ein elitär illustrer Rummelplatz der Eitelkeiten.
Doch St. Tropez war und ist auch ein interessantes Schaufenster für normalsterbliche Touristen aus aller Welt, die von der Luft, in der Glamour und Gold glitzern, schnuppern wollen. Und sich das Geld für die nächsten Gala-Journale sparen können, da die Edel-Marken der angesagten Design-Labels ihre topaktuelle Mode für die kommenden Print-Ausgaben in den verwinkelten Gassen bereits längst ausgestellt haben. Eyecatcher für Ladies, die den richtigen Gentleman an ihrer Seite haben. Jedes Einzelstück der Kollektion ist verwegen anziehend – ganz dem Stil der gewünschten Klientel angemessen – drapiert.
Der Eintritt in diese oft mit gelungenem Premium-Chic gestalteten Boutiquen – in weiten Teilen altbelassene, an der Innen-Decke leicht gewölbte Naturstein-Innenarchitektur – ist

meistens gratuit. Außer Sie tragen optisch den Charme von einem bescheidenen Bausparvertrag. Dann gilt: rien ne vas plus. Auf gut deutsch: nur gucken, von außen. Reinkommen und drinnen etwas anfassen ist nicht. Da versteht der Security-Monsieur vor der Tür ausnahmslos keinen Spaß. Wer sein „Non" partout nicht verstehen will, muss bittere Konsequenzen in Kauf nehmen. Es geht alles ganz unaufgeregt und unauffällig. Ein kurzer, versteckter Nahkampf-Kontakt des Gerard Depardieu im Maßanzug ähnelnden Boutique-Bodyguards, und knacks.

Die Folge: wegen dem – ganz galant ausgerenkten – Arm nicht unbedingt gut gelaunt, sieht man vor Schmerzen leider nur verschwommen die immer noch einmalige provencal-romantische Altstadt; in der vorzugsweise die sündhaft teuren Labels residieren. Stets in einer zentralen Ortskern Filet-Lage, versteht sich.

*

Zurück zu unserem alter Ego Ernst, dem – wie bereits erwähnt – eine anschauliche Residenz keine zehn Autominuten unweit des mondänen Mekkas der Reichen und Schönen gehört. Nun steht ein runder Geburtstag von ihm an; und wieviele richtig runde es noch werden, ist sehr spekulativ. Fest steht: finanziell besitzt Ernst im übertragenen Sinn auf dem Konto mindestens soviel Übergewicht, wie die digitale Anzeige beim Besteigen seiner Waage behauptet. Das Wiegen ist eine letztlich unnötige körperliche Zumutung, die der Ernst schon monatelang tunlichst vermeidet. Wie alles, was seinen Kreislauf und sein Herz überanstrengen könnte. Auch beleibt ist er beliebt. Wer reich ist, kann Kilos haben, soviel er will. Siehe Rainer Calmund.

Unserem Ernst, den seine eigenwilligen Sparmaßnahmen sowohl als Firmenchef wie auch auf privater Ebene zum monetären Schwergewicht gemacht haben, steht wegen seinem Geburtstag unvermeidbar eine zähneknirschende Image-Pflicht bevor. Er muss es an seinem Fest bis in die Nacht im kleinen, handverlesenen Freundeskreis statusmäßig krachen und überschäumen lassen. Natürlich im angesagtesten Club-Tempel der – auch im Juli und August per Nase im speziellen Pulver-Schnee fahrenden – High-Society von St. Tropez. Noblesse oblige.

Ernst ist fest entschlossen, in dem hippen Etablissement ausschließlich Edel- Champagner zu ordern; und die Korken am Flaschenhals persönlich mit dem Säbel zu köpfen. Allgemein gilt diese Aktion – wenn sie gelingt – als Stimmung garantierendes Event-Element. Nur durch diese brachiale Öffnungs-Methode perlt, laut fester Überzeugung vom Ernst, die köstliche Uperclass-Flüssigkeit geschmacklich perfekt in die mundgeblasenen, vorab gekühlten Muranoflöten. Für ihn angeblich ein Erlebnis, als fülle man einen Whirlpool von Tiffany mit Freudentränen. Wer, wenn nicht er, soll das beurteilen können. Dazu noch derart geschliffen poetisch formuliert, wie man es dem oft burschikos wirkenden Ernst gar nicht zugetraut hätte. Unterschätze niemals deinen Freunde.

Mehr geladene Geburtstags-Gäste als Kegel beim Bowling sind natürlich nicht drin, da sonst selbst die Credit-Card von jedem Höchststeuersatz zahlenden Topverdiener bei dem voraussehbaren Rechnungsbetrag durchglühen könnte.
Kostenlos ist an dem gewünschten, vorab bestellten Tisch allerdings der Sichtkontakt auf die im Hafen liegenden, stets blitzeblank gewienerten Teakholz- Segelschiffe.
Leider sind neben den traditionellen Segelpracht-Veteranen mehr und mehr modernste, hochtechnisierte Monster-Jachten vor Anker gegangen. Ihre glänzenden Formen erinnern an mutierte Haifische mit einer Stahlhaut aus kalten Metallfarben.
Zum Genießen – bislang noch ohne Gebühr – gehört auch die Panorama-Perspektive von dem von Ernst ins Auge gefassten Wunsch-Tisch. Sie erlaubt einen Ausblick auf die geschmeidige Buchtform, umsäumt von einer geschwungenen Hügelbegrenzung. Mittendrin das von der Hafenbeleuchtung edel-dezent illuminierte, sanft schwingende Meer. Von dem man leider kaum noch etwas sieht; wegen den wie festgemauert daliegenden Protz-Kolossen mit Hubschrauber-Landeplatz, die sich an den Kaimauern imposant breit machen. Devisen schaffen halt Platz, auch auf der Warteliste der Capitainerie. Vermutlich haben einige dieser VIP-Jachten in ihrem Inneren sogar einen Golf-Platz. Den anrüchigen Schlenker zu Herren-Magazinen mit ihren sehr bemühten Gags des zu diesem Sport gehörenden Einlochens, ersparen wir uns.

Der Ernst und seine Gefolgschaft sind pünktlich bei der luxuriösen Lokalität vom Geburtstags-Fest angekommen. Der Gedanke, vielleicht doch mal über eine Brille nachzudenken, drängt sich jedem Gast beim flüchtigen Betrachten der am Eingang eingerahmten Getränke-Karte unweigerlich auf: entweder hat ein Schelm hinter jeden Preis eine Null drangehängt – beispielsweise bei den 30 Euro für eine Halbliter-Flasche Mineralwasser. Oder er wollte mit dem vierstellig mutierten Eurobetrag-Obolus für die billigste Champagnerflasche alle Nicht- Millionäre von der Einkehr abschrecken. Möglich wäre auch, dass es sich noch um alte Franc-Preise handelt, und aus Versehen einfach nur das Währungs-Zeichen verändert wurde. Eben von der französischen Währung auf den immer teurer werdenden Euro.
Den Schelm können Sie wie das Devisen-Versehen vergessen: in diesem exorbitanten Abzock-Club ist en principe nur eine Klientel willkommen: zweibeinige Tresore, die Europas Schuldenberg per Bar-Scheck begleichen könnten.

Doch für die frühen Abendstunde – so gegen 22 Uhr – werden in dem Taj Mahal der Millionäre Reservierungs-Ausnahmen gemacht für normale monetäre Schwergewichte, unter die auch Ernst fällt. Denn um diese Uhrzeit halten die Stammkunden noch ihren Schönheits-Schlaf; oder pudern sich als Entree für die Nacht ausgiebig die Nase.
Nur dank der selten nachgefragten Reservierungs-Zeit – und der überflüssigen Bitte, genügend Brut Royal Champus kalt zu stellen – konnte Ernst die begehrte Lounge-Couchecke bei einem persönlichen Vorab-Gespräch gegen Zehn buchen.

Noch vor halb Elf dürfen er und seine trotz der Warteperiode um gute Laune bemühten Gäste dann auch schon Platz nehmen. Und bereits kurze Zeit später schwimmt – ohne dass Ernst eine Bestellung zugemutet wird – die erste feudale Magnum-Pulle in einem überdimensionierten, angeblich mit Gletschereis gekühlten Silberkessel auf dem Marmortisch.
Ein am Griff ziselierter Säbel wird Ernst von dem Maitre de Service gereicht – etwas gelangweilt und dennoch zeremoniell wie ein Schwert, mit dem der Gastgeber der Runde geadelt werden soll. Der Rest ist jetzt sein Bier.
Nun endlich macht sich für Ernst das Üben an Supermarkt Hausmarken- Champusflaschen bezahlt: Ein lässig gezielter

Schlag auf den Korken, dem der gewünschte Böller-Knall und eine perlende Fontäne folgt. Das gelungene Husarenstück des Gastgebers verdient wahrlich den gediegenen Applaus seiner handverlesenen Gästeschar.

Schwer beeindruckt von der Großzügigkeit des Jubilars gibt die dankbare Geburtstagsfest-Gesellschaft bis zur dritten Edel-Flasche authentische und dem Ego von Ernst schmeichelnde Geschichten zum Besten: Er hat weder bei seiner charmanten, stilsicher teuer gekleideten besseren Hälfte – mit einem Hochkaräter am Ehering-Finger – noch sonst irgendwas in seinem Leben wirklich falsch gemacht.

Im Gegenteil. Jeder weiß noch abwechselnd davon zu berichten, wie Ernst sich von der Wasserversorgung des in die Jahre gekommenen südfranzösischen Leitungsnetzes lossagte. Zwar nicht ganz ausnahmslos, aber im Prinzip schon.

Seine Idee, dass es gemäß ihm geläufigem geologischem Basiswissen auf seinem etwas höher gelegenen Grundstück garantiert salzfreies Grundwasser geben muss, erwies sich als richtig. Wenngleich erst nach der dritten Bohrung. Die zunächst von dem Spezialisten einer angesehenen Küsten-Bohrfirma errechnete Grundwasserspiegel-Ebene erwies sich im ersten und zweiten Anlauf als zu optimistisch. Doch einer wie unser Ernst kennt das Wort „aufgeben" nicht. Die mittlerweile zahlreichen, überdimensionierten Maulwurf-Hügel auf dem gepflegten Terrain störten höchstens seine Frau. Er ließ weiter bohren und bohren, bis am Boden seines mittlerweile gigantisch tiefen Brunnenlochs mit professionellen Grubenlampen eine Pfütze zu erkennen war. – Na also, ging doch. Jetzt noch ein paar Meter tiefer rein in das mit recht vielen Gesteins-Brocken durchsetzte Erdreich, und die Wasserversorgung von Ernst war unabhängig vom maroden kommunalen, keimfreundlichen Röhren-Netz. Autark sein beim kostbaren Nass geht halt nicht von heut auf morgen. Und funktioniert nur unter der Voraussetzung, dass die üblicherweise eigentlich für Erdöl entwickelte Pumpe ohne längeren Ausfall funktionieren sollte; was bei ihrem Preis erwartet werden konnte.

Der von soviel sturem Pioniergeist möglich gemachte Erfolg rechtfertigt es unzweifelhaft, die Champagner-Gläser noch mal nachzufüllen und den Ernst hochleben zu lassen.

Aus gebotener Höflichkeit erwähnt kein Gast, dass die industrielle, von der Ölpumpe zum Wasserspender-Gerät

umfunktionierte Anlage fatalerweise an die allgemeine Energieversorgung angeschlossen werden musste. Was nur mit einer äußerst kostenpflichtigen Starkstrom-Aufrüstung technisch überhaupt möglich war.
Doch ein mit Benzinkompressor oder Groß-Batterien betriebenes Aggregat zum Betrieb der Pumpe hätte die Ausmaße einer Garage gehabt; und locker die Dezibel-Lautstärke eines startenden Jumbo-Jets erreicht. Da wäre Ärger vorprogrammiert gewesen: mit der – von den Baustellen-Hügel eh genervten – Gattin von Ernst, den in Sichtweite lebenden Nachbarn und erst recht mit der französischen Version der amerikanischen Heimatschutzbehörde. Der Arm der Gendarmerie reicht weit in la France und ist nicht gerade zimperlich.
Über die komplette finanzielle Dimension seiner Grundwasser-Brunnen Investition hüllt sich Ernst bis heute in Schweigen. Vielleicht weil sein Steuerberater einen legalen Trick für die Abschreibung der letztlich genau genommen ökologischen und damit politisch korrekten Maßnahme ausfindig machte. Doch möglicherweise auch, weil jedem Küstenanwohner die Zuverlässigkeit des südfranzösischen Stromnetzes – selbst starke Kabelversionen einschließend – bei Gewitter, Mistral oder heftigem Regen doch sehr anfällig und keinesfalls stabil erscheint. Und wenn kein elektrischer Starkstrom-Saft mehr fließt, streikt selbst die beste Wasser-Pumpe; was ihrer Funktionalität nicht gut tut. Die hochwertige, bis ins Kleinste ausgetüftelte Anlage verdreckt, bis sie den Geist ganz aufgibt.
Insider-Gerüchten nach hat keine der bislang drei Profi-Pumpen von Ernst die Garantie-Zeit überlebt. Schwamm drüber. An einem runden Geburtstag haben ausgefallene Pumpen keine Konversations-Legitimation.

Ein weitaus besserer Grund zum lobenden Anstoßen auf den Gastgeber drängt sich seinem Freundeskreis bei der Erinnerung auf, wie er die eindeutig überzogenen, und undurchsichtigen Stromkosten in La France minimierte. Es konnte nach fester Überzeugung von Ernst einfach nicht stimmen, was über den antiken Zähler in dem ramponierten Kasten außen an seiner Auffahrt laut Ziffer-Anzeige an Beträgen auflief. Niemals. Bei fast dreißig Kernkraftwerken im Land schon gleich gar nicht. Denn die sind beim Produzieren des Stroms so billig wie lebensgefährlich.
Deshalb griff er in seine persönliche Trick-Kiste, und fand ein paar Rollen der mittlerweile aus der Mode gekommenen

Kleinbildkamera-Filmrollen. Die an den Rändern symmetrisch durchgehenden Ausstanzungen dieser Zelluloid-Belichtungsstreifen entsprachen exakt der Abstands-Anordnung der alten, abgenutzten Stromzähl-Zahnräder.
Fingert man – natürlich nur mal so aus Jux – die Zelluloidrolle geschickt in die altersschwache Zackenscheibe-Konstruktion des Verbrauchs-Zählers ein, dann dreht der sich weiter. Als wäre nichts manipuliert worden. Doch der Kontakt zum ablesbaren Zifferstand ist irgendwie unterbrochen. Somit steht der Strom nach offizieller Messung praktisch still, obwohl er läuft. Chapeau Ernst. Da muss man erst mal drauf kommen.
Für diese tricky Aktion gebührt dem spendablen Geburtstags-Jubilar natürlich eine stilvoll kurzgehaltene Laudatio, die von seinen Gästen auch prompt – intelligent improvisiert – serviert wird.

Ein Versuch, diesen kostensparenden, etwas illegal angehauchten Coup von Ernst nachzuahmen, lohnt nicht. Mittlerweile sind die Elektrozähler technisch hochgerüstet und nicht mehr manipulierbar. Aber zu Ernst Pioniergeist-Zeiten hat der Trick funktioniert – glaubt man seinen handwerklich filigranen, imponierenden Ausführungen.
Nur über die Gattin des mit allen Wassern gewaschenen Cleverles war später unter dem Siegel der Verschwiegenheit zu erfahren, dass die Elektrowerke spät, aber immer noch früh genug etwas misstrauisch wurden.
Der Anlass dafür war, dass ihre obligatoire alle zwei Monate zu zahlenden Stromverbrauchs-Schätzungen für das Anwesen mit Starkstrompumpe bei der halbjährigen Endmessung um mehr als achtzig Prozent unterschritten wurden. Äußerst seltsam. Denn selten genug muss dem Kunden etwas zurück erstattet werden; meist ist eher eine kräftige Nachzahlung fällig.
Doch Ernst war glücklicherweise noch nie bescheuert. Deshalb verzichtete er, nach Erhalt der Rückvergütung der definitiven Halbjahres- Abrechnung, fortan ein paar Tage im Monat auf die Kleinbild-Rolle im Elektro-Kasten. Bisschen Strom muss nun mal selbst bei einem Schwaben auf dem Zähler sein.

Ein Schutzengel sorgte dafür, dass es zur November-Zeit ausgerechnet einer dieser rollenfreien Tagen war, als eine

unangekündigte Überprüfungs-Truppe der Elektrowerke anrückte. Um den Stromzähler von Ernst mal so richtig unter die Lupe zu nehmen. Aber trotz aller Mühe konnten sie keinen Defekt entdecken.
Doch Einzelmessungen an den diversen Steckdosen-Anschlüssen in seiner Villa und der Wasserpumpe ergaben zusammengerechnet einen weitaus höheren Verbrauchswert, als an dem Jahrzehnte alten Zähler abzulesen war. Das hatte finanziell bittere Folgen: Der Mess-Oldie-Kasten wurde daraufhin auf Kosten von Ernst ad hoc ausgetauscht und man einigte sich darauf, den anstehenden Dezember-Verbrauch rückwirkend für die gesamten Monate des vergangenen Jahres hoch zu rechnen. Natürlich abzüglich der bereits im Voraus geleisteten Minimalzahlungen. Aus Sicht der Elektrowerke eine faire, salomonische Kompromiss-Lösung. Juristisch kaum anfechtbar.
Unser Ernst ahnt und riecht, wann er einen Rückzieher machen muss. Das Risiko, bei einem Veto zu diesem Vorschlag für unbestimmte Zeit ganz ohne Strom die Seele baumeln lassen zu müssen, war ihm denn doch zu hoch. Jeder in der Provence weiß, dass die Elektro-Sub-Unternehmer der EDF keine Skrupel kennen, ohne Vorwarnung ihren Auftrag zum Kappen des elektrischen Grundstück-Basiskabels durchzuführen. Egal bei welchen finanziellen Unstimmigkeiten zwischen dem Stromkunden mit ihrem Arbeitgeber geht das für Südfrankreich untypisch hurtig; ohne jede Erklärung oder Kommentar. Es muss auch nichts unterschrieben werden – die Rechnung folgt postwendend.
Unterm Strich haben sich die Kleinbildrollen von Ernst aber letztlich doch bezahlt gemacht – da sie über zwei Jahre im Einsatz waren.

Verbal auf die Schulter geklopft wird Ernst von seinen Gästen auch für seine robuste körperliche Konstitution, dank der er seine letztjährige Herzattacke überlebte. Der Notarztwagen war bereits eine halbe Stunde nach dem Alarm-Anruf seiner Gattin zur Stelle. Es wurde entschieden, dass Ernst in die nächstgelegene Spezialklinik transportiert werden musste.
Was sich als sehr risikoreich entpuppte. Denn die Spanngurte auf der Rolltrage waren nicht für die Kilodimension und den Bauchumfang von Ernst ausgelegt. Fatale Folge: in einer scharfen Kurve rissen die Gurte und er fiel – vom Notarzt gottlob noch halbwegs aufgefangen – von der für seine Größe

und Breite viel zu schmalen Notfall-Trage. Den Rest der halsbrecherischen Fahrt zur rettenden Klinik blieb Ernst auf dem Boden liegen. So bequem als möglich in der stabilen Seitenlage fixiert. Es ging für ihn zum ersten Mal im Leben um Sekunden statt Minuten. Denn entweder war im OP gerade noch rechtzeitig ein Katheder zu legen, oder es drohte der endgültige Kollaps.
Der Notarztwagen-Fahrer gab tempomäßig sein Bestes, und das sollte belohnt werden. Mit einem kleinen künstlichen Helfer an der Pumpe hat Ernst bis heute mehr feuriges Herzblut in sich als viele andere.

So war es nicht verwunderlich, dass der Blutdruck von Ernst zu brodeln begann, als ein neuer Kellner völlig unaufgefordert – kurz vor der Geisterstunde – mit der Rechnung an den Geburtstagsfeier-Tisch kam. Und in Französisch, Englisch und gebrochenem Deutsch bedauerte, dass Ernst und seine Gäste nun zu zahlen und ihre Plätze zu räumen hätten. Eine Reservierung vor Mitternacht gelte generell für maximal zwei Stunden.
Die Stimmung von Ernst und seinen Gästen kippte – zumindest gefühlt – von einer wonnig warmen Sommernacht auf einen sibirisch frostigen Winterabend. Mit soviel Contenance, wie ihm noch möglich war, versuchte der in seiner Ehre touchierte Gastgeber dem Kellner zu vermitteln, dass er gerne mit seinem Freundeskreis einige weitere Champagner-Gläser genießen wolle. Ein gekünsteltes Morgenrot-Lächeln zauberte sich auf das Gesicht des fernöstlich aussehenden Rechnungs-Servierers. In plötzlich erstaunlich korrektem Deutsch erläuterte er, dass dies absolument kein Problem sei. Kaum zehn Minuten zu Fuß gebe es eine weitere Bar von seinem Chef. Dort sei es genauso gemütlich und die Preise ebenso moderat wie hier. Quasi eine Doublette dieses Clubs – dank demselben Besitzer, der in Insider-Kreisen nur „Le Patron" genannt werde. Nur der Panorama-Blick ist zugegebenermaßen nicht ganz derselbe. Aber nachts sieht man ja eh nichts.
Dieser Vorschlag, kurz nach Mitternacht die Lokalität wechseln zu müssen, um weiter in angemessenem Ambiente Champagner schlürfen zu können, ließ Ernst empört protestieren; in etwas aufgeregtem, teils improvisiertem Französisch. Sein Wortschwall-Widerstand erlahmte, als zwei

muskelbepackte Klon-Ausgaben der Klitschko-Brüder in Maßanzügen an den Tisch traten.
Ohne eine weitere Kommunikation wurde die Kredit-Karten Formalität erledigt. Ernst und seine Gästen verließen unfreiwillig – und vorsichtshalber nur leise aufgebracht fluchend – ihren Feier-Ort.
Beim Hinausgehen konnten sie noch sehen, wie es sich – dem Akzent nach – eine Gruppe aus dem Wodka-Land, alle in schneeweißem Gala-Outfit, auf der vorgewärmten Lounge-Ecke bequem machte; sofort umschwänzelt von der halben Belegschaft des Edel-Clubs. Alles bestens geschulte und in Russisch sprachgewandte Livree-Kellner und Mademoiselles mit First-Class Stewardess-Charme.
Lassen wir es mit der Bemerkung gut sein, dass Putin-Profiteure gewisse Privilegien genießen. Selbst in St. Tropez, das Gerüchten zufolge bereits zu einem Drittel Abkömmlingen aus der Moskau-Region gehört. Vorsichtig defensiv geschätzt. Doch für die Südfranzosen und die Touristen ist und bleibt alles im akzeptablen Rahmen, solange St. Tropez nicht in Sankt Gazprom umbenannt wird.
Und Sie sollten vielleicht über einen Identitäts-Tausch noch einmal nachdenken.
Es kommt selten Besseres nach, als das, was man ist.

Glamour, Glaube, Gloria

Falls Sie zuhause einen entbehrbaren, möglichst sowohl russisch-orthodoxen, als auch protestantisch-gregorianischen Kalender zur Hand haben, wäre das absolut vorteilhaft: zum Notieren der historischen und klerikalen Gedenktage in der provencalischen Meeresgegend. Der größtenteils katholische Franzose ist nämlich en general tolerant – auch bei kirchlichen Feiertagen der konfessionellen Konkurrenz. Hauptsache, der Chef gibt einem ohne Lohnabzug frei.
Beim etwas zeitraubenden Eintragen von arbeitsfreien Daten ist eine idyllisch gelegene Küsten-Region in und um Cavalaire sur Mer und Croix Val Mer besonders zu beachten. In dieser Ecke der Provence werden offizielle Festtage wahrhaft inflationär gefeiert. Es kann schon mal passieren, dass selbst lang ansässigen Einheimischen der ursprüngliche Anlass für den nicht zu knappen Umtrunk nur noch mehr oder minder im Gedächtnis haften geblieben ist. Eigentlich auch egal, solange genug trinkbarer Rotwein oder Rosé in Reserve bereit liegt.
Nach deutschem Maßstab sind beide – miteinander in einen charmanten Clinch verstrickten – Orte außerhalb der Saison baumäßig rasant expandierende Kleinstädtchen. Grund des Immobilien-Booms: man hat die sommerliche Hauptsaison im Kopf und Blick. Schließlich liegen beide keine zwanzig Kilometer von St. Tropez entfernt. Und können als Touristen-Trumpf eine äußerst bewegte glorreiche Historie für sich in Anspruch nehmen.
Ohne übertreiben zu wollen: in dieser Gegend wird nichts ausgelassen, schon gar kein – woher auch immer abgeleiteter – potentieller Feiertag. Warum auch?
 Offizielle Feste, egal welche, lassen nicht nur die Glocken sondern auch die Kassen klingeln.
Vor allem im direkten Einzugsgebiet von St. Tropez, der heimlichen Hauptstadt des Geld- und blaublütigen Adels, der gerne in der Provence am Meer gastiert. Besser gesagt: residiert und sich manchmal schamlos blamiert.
Es sei noch einmal und damit auch zum letzten Mal rekapituliert: das einst biedere Fischerdorf hat sich Jahr für Jahr mehr zum international begehrten Reisemagneten entwickelt. Bei den angesagten Horror-Preisen ist dies schon zum Staunen verwunderlich. Zumal sich die mit konträr modernen Bau-Stilen grenzwertig verblüffende Stadt –

vielleicht nicht objektiv, aber gefühlt – zunehmend in ein neuzeitliches Babylon verwandelt; das als optisch aktuelle Muttersprache kaum mehr nonverbale Ausdrucksformen als elegante Erotik und kulinarische Dekadenz kennt. Nicht nur, aber immer mehr.
Vor allem an luftig warm bleibenden Abenden stöckeln perfekt gestylte Gazellen-Ladies, mal solo, mal einen Rolex und Ohrbrilli tragenden, leicht affig wirkenden Begleiter untergehakt, über die schlanken Stege auf die Außen-Lounge der Premium-Yachten. Dort wird in Luxus-Sitzgruppen – vom im Pulk auf der Hafenpromenade vorbei pilgernden Fußvolk neugierig beäugt – feudal diniert; und Glas um Glas mit keep smiling Gesten gekippt.
Die Szenerie erinnert an eine surreale, gesellschafts-kritische Menschenzoo-Sequenz aus einem Claude Chabrol-Film. Bleibt die Frage, wer sich eigentlich vor und wer sich hinter dem imaginären Gitterzaun befindet.

*

Das von Historie, Hostien, Wein und vor allem Mode-Trends getragene, seit langem legendäre St. Tropez bleibt trotz mancher Macken unbestritten ein Kronjuwel der Provence. Und ist – bis auf die wenigen Wintermonate – immer überfüllt. Wegen der sonnenhungrigen und vom Image der Cote d`Azur angezogenen Touristen steigt die Bewohnerzahl in der Sommer-Saison locker auf das Zehnfache der gemeldeten Einwohner. Laut offizieller Statistik, die vor allem auf Kurtaxe-Einnahmen gestützt ist. Die sind – im Gegensatz zu vielem anderen – registriert und nachweisbar.
Offensichtlich geduldete und gängige Schwarzvermietungen erhöhen die reale Dunkelziffer allerdings nicht unerheblich. Praktisch jede Garage mit Fenster, die Zugang zu einer Toilette und Dusche bietet, verwandelt sich ab April bis zum Oktober in ein spartanisches Wohn-Studio. Zu einem horrenden Wochenmietpreis. Vorab bar in die Hand des lächelnden Besitzers zu bezahlen. Großzügigerweise ist die Endreinigung in dem exorbitanten, ja unverschämten Logis-Betrag meist mitabgegolten. Am Ende der schönsten Tage des Jahres mit den eigenen Händen eine Garage oder einen Schuppen auf clean trimmen?! Das ist beim besten Willen kategorisch als unzumutbar abzulehnen.

Und was hat das jetzt alles mit dem anfangs empfohlenen Kalender zu tun? Viel mehr, als Sie bislang vielleicht denken.
Wegen der Bevölkerungs-Explosion in der dreimonatigen Hauptsaison lohnt sich der zeitraubende Aufwand einer handeingetragenen Gedächtnis-Stütze bei südfranzösisch-spezifischen Agenda-Daten auf jeden Fall. Sonst könnte ihr Urlaub oder längerfristiger Aufenthalt nach einem nervtötenden Stop and Go Verkehr zu dem ins Auge gefassten Ziel vor verschlossenen Türen und Schranken enden: bei Supermärkten, Museen, ohne ersichtlichen Grund gesperrten Parkanlagen oder Ämtern aller Art, beispielsweise Touristenbüros.
Stimmungsmäßig ist dies nicht gerade der Bringer, sondern zieht eher einen Brüller nach sich. Vor Frust und Wut. Muss ja nicht unbedingt sein.
Doch sollte ein selbst ausgefüllter Kalender – der dies verhindert – nicht verfügbar sein, bitte keine Panik: in Südfrankreich gilt im Alltag immer noch das Gesetz der Liberte – der Freiheit, inclusive der unternehmerischen. Und so finden sich genug geöffnete Tante-Emma Läden, Bäcker und Metzger, um für einen überraschenden Feiertag die Selbstversorgung aufrechterhalten zu können. Oder als Alternative einen ungeplanten Gastronomie-Besuch zu erwägen.
Sollten Sie nolens volens an einem dieser Ihnen unbekannten, als etwas Besonderes geltenden Tage entscheiden, auswärts zu speisen, gilt es bei jedem Festivitäts-Event generell als empfehlenswert, sich in Bars und Restaurants über eine mögliche Platz-reservierung kundig zu machen.
Die Gastronomie ist an diesen klerikalen, historischen oder militärischen Würdigungs-Daten zwar größtenteils nicht geschlossen, dafür aber überfüllt. Jedenfalls meistens.
Ein Aufstocken der Cash-Liquidität im Portemonnaie ist bei dieser spontanen Planung keine reine Vorsichtsmaßnahme, sondern unbedingt nötig. Denn ohne erkennbaren Grund oder nachvollziehbare Erklärung streiken die meisten Kreditkarten-Einlesegeräte an diesen preislich inflationären Jahrestagen, als hätten sie sich heimlich zu einem Streik verabredet. Was durchaus der Tradition der Grand Nation entspricht.
Unangekündigte Arbeitsleistungs-Verweigerung gehört zum normalen südfranzösischen Alltag wie das Boule-Spiel. Und auch dabei weiß keiner, wie lange es dauert und wie es ausgeht.

Überschaubarer sind da schon die Gepflogenheiten an den Gedenktagen, die sich – Neujahr mal ausgeklammert – humanistisch betrachtet fast alle auf ein Desaster gründen. Da wurden für Ehre und Vaterland viele Leben verloren, mit Blut begleitete Wunder geboren und unscheinbare Heilige wegen verwegenen Legenden zu Ikonen-Idolen. Doch wer immer es sich leisten kann, begießt diese rituellen Tage mit Champagner; als Referenz an die Opfer, die in der Historie als Heroen weiterleben.
Wobei es beim Weihnachtsfest durchaus unterschiedliche Meinungen geben kann, ob ein zum Kreissaal herhaltender Stall für die Geburt des Retters der Menschheit ein aus der Not improvisiertes hygienisches Desaster oder ein himmlisches Zeichen darstellt. Entscheiden Sie selbst.
Unstrittig ist: entgegen deutscher Tradition schaltet der Südfranzose mehr oder minder bei dem sogenannten Heiligen Abend einen Festgang runter. Ausnahmen bestätigen eben auch die Feiertags-Regeln. Doch ganz ohne die vom Coca Cola Imperium erfundenen Gestalt des in roten Wams mit weißem Rauschebart im kollektiven Gedächtnis verankerten Santa Claus geht es natürlich auch an der Cote d´Azur nicht.
Und so kommt der Weihnachtsmann an Heilig Abend bei Einbruch der Dunkelheit per geschmücktem Schiff in den alten Hafen von St. Tropez und verteilt an die Kinder kleine Geschenk-Säckchen. Ohne Flaschen mit schwarzer Brause.
Das war´s in aller Regel auch schon mit der eher spärlichen Bescherung. Der Rest der heiligen Nacht gehört dem Genuß von edlen Getränken. Kirchlicher Glaube und süffig-edle Tropfen haben sich schon immer bestens vertragen. Während sonst meist geschlemmt wird, muss einmal im Jahr als Nahrung auch mal eine Hostie reichen. Und hinterher ein biederes Menu.
Richtig zelebriert mit finanziell dicken Geschenken und vorwiegend bunt blinkenden oder blauen Lichterketten-Orgien wird der erste Weihnachts-Tag. Da werden nur feinste Delikatessen serviert, bis sich die Tischplatte biegt. Am zweiten geht man – zumindest offiziell – bereits wieder zum Alltag über. Selbstverständlich nicht hektisch, sondern nach der „Parole du Sud": was heute nicht fertig wird oder seit gestern kaputt ist, kann auch morgen noch vollendet oder repariert werden. Je nach Schaden eventuell sogar bis übermorgen warten. Besser noch erst im neuen Jahr mit frischem Schwung erledigt werden; dann geht´s gleich leichter

von der Hand. Und der ausgehandelte Preis dafür ist Makulatur vom vergangenen Jahr. Außer der Kunde braucht keinen Beleg.

Hinlänglich bekannt ist, dass kein Franzose trocken oder promillefrei feiert. Und wenn der Messwein qualitätsmäßig schon weit über einem Landwein liegt, dann gehen an allen religiösen und geschichtsträchtigen Tagen natürlich nur die besten Weingut-Flaschen über die Theke. Die Illusion – wie sonst üblich – in Restaurants oder Bars ein günstiges Glas vom offenen Hauswein zu bekommen, prallt bei glorreichen Festivitäts-Daten an der höflichen Resistance jeder Bedienung ungehört ab. Die Weinkarte hält schließlich für jeden Geschmack etwas parat. Gespart werden kann morgen wieder. An gefeierten Tagen klingelt nicht nur der Glockenturm, sondern auch die Registrier-Kasse. Wenn auch – durchaus nicht ungewollt – nicht immer: denn Schwarzgeld-Einnahmen haben den Steuertarif von den Seychellen. Und eine handgekritzelte Rechnungs-Quittung, die obligatoire gereicht wird, akzeptiert kein Finanzamt der Welt. Der Ausfall der Kredit-Karten-Einlesegeräte erscheint nun in völlig anderem Licht. Kann natürlich auch Zufall oder Überlastung sein. Vergibt die Beichte eigentlich auch Steuersünden? Bestimmt, sonst hätten wir ja alle ein schlechtes Gewissen.

*

Und nun in medias res. Beginnen wir mit einer leichten Fingerübung, soweit es die kalendarischen Einträge angeht: kreuzen Sie sämtliche Ihnen bekannten religiösen Tage – konfessionsübergreifend – an; von allen Bundesländern, egal ob evangelisch oder katholisch geprägt. Also neben Weihnachten, Ostern, Pfingsten auch Mariä und Christi Himmelfahrt und Fronleichnam samt Allerheiligen. Ein Pfarrer oder Priester ihres Vertrauens hilft Ihnen bei der vollständigen Ergänzung bestimmt gerne.
Selbstverständlich gilt auch der Tag der Arbeit am Anfang vom Mai als freier Festtag bei den von Geburt an streikoffensiven Franzosen. Und bereits eine Woche später, am 8. Mai, wird die Kapitulation von Hitler-Deutschland anno 1945 als Fete de la Victoire ausgiebig begossen.
Sollten Sie an ihrem Wohnmobil oder Feriendomizil eine deutsche Fahne wehen haben, könnte sich der Ratschlag,

diese just an diesem Tag abzunehmen und zu waschen, als richtig erweisen. Schließlich provozieren sich inzwischen – außer bei Fußballspielen – bestens befreundete Nationen nicht unnötig.
So richtig mit furiosem Feuerwerk und fünfgängigem Menu lässt es der Franzose am 14. Juli, dem Nationalfeiertag krachen. Als Erinnerung an den erfolgreichen, bewaffneten Sturm im Jahr 1789 auf die Bastille, dem Pariser Hochsicherheits-Trakt Gefängnis. Ein Mittelalter-Guantanamo, in dem sämtliche potentielle Feinde der royalen Dekadenz-Diktatur unter menschenunwürdigen Bedingungen eingepfercht waren. Dieses Befreiungs-Husarenstück gilt als historisches Fanal für die französische Revolution, bei der die Guillotine zu trauriger Berühmtheit gelangte. Wie selbst die geistigen Väter der Demokratiebewegung – Danton und Robesspiere – später am eigenen Hals zu spüren bekamen.
Relativ leicht prägt sich Karnevals-Jecken der Festivitäts-Tag zum Waffenstillstand von Compiegne 1914 ein, dem offiziellen Ende des ersten Weltkrieges. Es ist der 11.11. Während im Rheinland offiziell die fünfte Jahreszeit eingeläutet wird, klingen in den Weingut-Gebieten von Frankreich – also praktisch überall – vorwiegend unzählige Beaujolais-Primeur Gläser. Der populäre Kult-Wein und mehrere Kölsch-Meter vereinen eben über alle Grenzen; egal aus welchem Grund der jeweilige regional angesagte Tropfen literweise gekippt wird.
Ganz besonders gefeiert wird zumindest in Südfrankreich mitten im August in der Hauptsaison die Landung der alliierten G7 Elite-Truppen – datiert auf den 15.8. 1944; also zeitgleich mit dem katholischen Mariä Himmelfahrts-Tag. Das maritime Manöver gelang am mittlerweile künstlich vergrößerten Sandstrand zwischen Cavalaire sur mer und Croix Val Mer am provencalischen Meer.
Zum sechzisten Jahrestag dieser militärischen Glanzleistung ließ sich wer auch immer etwas ganz Besonderes einfallen: die soweit als möglich originale Nachstellung dieses Himmelfahrt-Kommandos. Dessen Ausgang für alle Überlebenden oder deren Nachfahren in stolzer Erinnerung bleiben wird. Denn die an der Südküste Frankreichs stationierten Rest-Einheiten von Hitlers Militärmaschine, deren Rekruten sich nur noch von Durchhalte-Parolen ernährten, hielten dem Überraschungs-Coup nicht lange stand. Und so wurde neben der Küstenregion im Landungsgebiet der internationalen West-Allianz Truppen sowohl das Strandgebiet befreit, als auch

quasi im Handstreich die bis dato besetzten und heutzutage als Luxus-Aushängeschilder geltenden Städte Cannes und Nizza.

Bei der Jubiläums-Rekonstruktion zum sechzigsten Jahrestag des wagemutigen Landungs-Manövers am Küstenstreifen zwischen Cavalaire und Croix Val Mer beschränkten sich die Organisatoren auf eine Handvoll Landungsboote mit französischer, britischer und – zumindest laut Insiderwissen – holländischer Besatzung. Die originalgetreuen, dachlosen, Containern ähnelnden Metall-Schwimmkähne wurden im – grob geschätzt – etwa vierzig Seemeilen entfernten Militärhafen von Toulon über Jahrzehnte in Ehren gewartet und rostfrei gehalten. Eine Reminiszenz an risiko- und glorreiche Marine- und Armee-Einsätze lange vor der Nato-Gründung.
In irgendeinem Anti-Kriegsfilm, bei dem laut Drehbuch eine strategisch wichtige Küste erobert werden musste, haben Sie diese schwimmenden – Mammut-Särgen ohne Deckel ähnelnden – Militär-Minibunker garantiert schon mal gesehen. Rammt sich der Bug in den seichten Meeresboden unweit der Strandlinie, kippt und knallt das vordere Metall-Klapptor nach unten. Dann galt im richtigen Soldatenleben des Zweiten Weltkriegs: raus, und durch einen feindlichen Kugelhagel um sein Leben nach vorne rennen, bis eine Sanddüne halbwegs Schutz gewährte. Die Hoffnung, dass dies in der Realität jedem der jeweiligen Bootsbesatzung gelang, lebt bis heute. Von sinnlosen Opfern zu sprechen verbannen wir in das tausendjährige Reich der Verschwörungs-Theorien.
Um bei der überlieferten Historie zu bleiben: die tapferen Landungstruppen kämpften sich vom – zu Croix Val Mer gehörenden – Plage Debarquement (zu deutsch: Landungsstrand) in Richtung des allemanischen Hauptquartiers in einem mehrstöckigen Hotel gegenüber des Strandabschnitts Pardigon, der auf dem Gebiet von Cavalaire liegt, todesmutig durch. Die warme Sommerluft soll dabei ziemlich bleihaltig gewesen sein.
Die Zufahrt zu dem mehrstöckigen, damals zur deutschen Generalstab-Zentrale umfunktionierte Gebäude wurde und wird von einer langgezogenen Palmen-Allee gesäumt. Ganz ohne Verluste dürfte die Rückeroberung leider kaum abgelaufen sein. Bis heute sind in den Baumstämmen die mit den Jahrzehnten und dem Rindenumfang gewachsenen Einschuss-Löcher des Feuergefechts zu sehen.

In manchen Einschlag-Treffern nisten mittlerweile Eulen und Käuzchen. Es dürfte die gefiederten Nacht-Tiere wenig interessieren, dass ihre bequemen, hochgelegenen Heimatkuhlen einen historischen Hintergrund haben; Hauptsache die Behausung ist halbwegs rund, geräumig und vor Regen, Wind und Blicken geschützt. Wie man sieht: die provencalische Natur gewinnt eben jeden Krieg. Egal wer gesiegt hat. Der Triumph dieser göttlichen Gegend ist nur eine Frage der Zeit.

Bei der Jubiläums-Nachstellung des militärgeschichtlich unbestritten genialen Landungsmanövers – ein halbes Jahrhundert später – gestaltete sich alles ein wenig anders, als es die wenigen noch lebenden Zeitzeugen beschreiben. Das Remmidemmi-Revival beschränkte sich ausschließlich auf eine eher touristisch nachbereitete Okkupation des Strandes Debarquement.
Zynisch böse Zungen behaupten, dass dieses Event mit freiwilligen Soldaten aus mehreren Ländern gar zur unfreiwilligen Slapstik-Komödie wurde. Dabei konnte keiner der Landungsboot-Kommandeure etwas dafür, dass die künstliche Erweiterung des Strandes – um Platz für die gastronomischen Lokalitäten ganz nah an den harmlosen Wellen zu haben – eine relativ seichte Wassertiefe weit bis ins Meer hinein als natürliche Konsequenz hatte. Logische Folge: der Kiel jedes Landungsbootes rammte sich bereits weit von der ehemaligen Strandlinie entfernt in den Meeresboden. Allerdings noch in Sichtweite der staunenden Touristen und Franzosen auf den gemieteten Liegen unter den Sonnenschirmen oder an den Tresen der Bars.
Um die militär-historische Jubiläums-Aktion nicht zum Desaster werden zu lassen, hatte die logistische Generalstabsführung des ehrenvollen Events vorgesorgt. Die uniformierten und behelmten Freiwilligen stiegen von ihren Landungsbooten – fast trockenen Fußes – einfach in die mitgebrachten herkömmlichen Schlauchboote um, und paddelten unter dem Beifall der Spektateure an das sandige Land.
Die Szenerie hatte schon etwas bizarre Züge: in Kampfmontur gekleidete Soldaten wurden von mit Bikini oder Badehose knapp bekleideten Strandgästen, schätzungsweise zur Hälfte Deutsche, zu einem Drink eingeladen. Egal, welcher alliierten Nation sie angehörten.

Ob sich Charles de Gaulle und Konrad Adenauer das je hätten träumen lassen? Wenn ja, waren sie wahrhaft Visionäre.

Die Franzosen unter den Landungsboot-Besatzungen waren leicht auszumachen. Nicht, oder höchstens auch, wegen ihrer Trinkfreudigkeit. Bei 30 Grad im Schatten hatten sie bereits in den Schlauchbooten ihre Helme abgenommen. Zuviel nachgestellte Authentizität war bei diesen Temperaturen nicht ihr Ding. Und geschossen wurden ja höchstens Bilder und keine Kugeln.
Ein Bravo gebührt bis heute den Organisatoren dieses Spektakels: sie hatten wirklich an alles gedacht und am Strand Hinweis-Schilder angebracht mit der Aufschrift „Toilettes". Mit soviel Komfort dürften die Landungs-Truppen anno 1944 wohl kaum empfangen worden sein. Aber da gab es ja auch noch keine Strandbuden, die heute quasi eine Lizenz zum Gelddrucken haben. Ein stilles Örtchen braucht es schließlich in aller Regel nur, wenn vorher ordentlich gebechert wird. Und ohne nun despektierlich werden zu wollen: beim bluternsten Originalmanöver wäre wohl jede Schüssel zu spät gekommen. Wer da beim Landen die Hosen nicht schon voll hatte, werfe die erste Klopapier-Rolle. Wechseln wir das Thema; Krieg war und ist shit.

Weshalb der erste Märztag bislang noch kein Feiertag ist, überrascht ein wenig. Tragen Sie ihn vorsichtshalber schon mal in Klammern als historisches Fest-Event ein. Es muss wohl noch etwas Lavendel über das Malheur wachsen, dass Napoleon Bonaparte – trotz seiner Ernennung zum Kaiser und Konsul auf Lebenszeit – nach ein paar verlorenen Scharmützeln gegen die Feinde der Grand Nation auf die Insel Elba verbannt wurde. Kurzzeitig.
Denn durch einen spektakulären Coup gelang ihm laut Stammtischwissen und der Quellenangabe des Michelin-Reiseführers von 1979 nach wenigen Wochen die Flucht: er passte in seinem recht feudalen Haftgebäude den goldenen Moment ab, als alle Wachen – offenbar stockbesoffen – auf Elba schliefen. Und machte sich über das Meer mit ein paar Getreuen per Schiff aus dem Eiland-Staub. Das aufgetakelte Schiff, die Besatzung, der Proviant und was man sonst noch für ein solches Entkommen brauchte, wurde von anonymen Sponsoren gestellt. Die Frage nach ihren Namen hätte wohl

nur der Intrigenmeister Richelieu beantworten können. So bleibt´s ein Rätsel.

Napoleon Bonapartes Ausbruch-Bravourstück ist übrigens in einem zeitgenössischen, bebilderten Dokument im Germanischen Nationalmuseum von Nürnberg belegt. Man mag diese Geschichte glauben oder nicht. Der Kupferstich hängt bis heute dort, und Bonaparte war von Elba fort mit Kurs auf die Provence.

Verbrieft in sämtlichen seriösen Historien-Quellen ist Napoleons Ankunft drei Wochen vor Frühlingsanfang am 1. März 1815 in Golfe Juan nahe Cannes an der Cote d´Azur. In der mittlerweile als internationalem Filmfest-Ort bekannten Metropole war er jedoch nicht uneingeschränkt willkommen. Der Lebenszeit-Kaiser musste mit seinem maximal zwei Dutzend zählenden Getreuen-Tross – den er nur mit unseriösen Salär-Versprechungen bei der Stange halten konnte – vor den Toren der Stadt nächtigen; wurde aber – wie sein Gefolge – fürstlich mit Essen und Wein versorgt. So etwas nennt man wohl Doppel-Diplomatie: besser alle politischen Macht-Türen offen halten, als sich eine optional auch mögliche zu verbauen. Und Bonaparte hatte damals den Ruf, den Berlusconi heute genießt: Totgesagte leben länger.

So zog Napoleon am nächsten Tag nach ausgiebiger Frühstücks-Stärkung noch vor Sonnenaufgang über die provencalische Gebirgsstraße nach Grasse weiter, der heutigen Hauptstadt des Parfums. Danach ging es über Trampelpfade – die längst leidlich ausgebaute Landstraßen sind – weiter nach Séranon. Und anschließend erreichte der zu allem entschlossene Korse mit seiner kleinen Kompanie Digne, wo ihn bereits viel versteckte Sympathie empfing. Die Stimmung im Land, in dem Gott laut einem geflügelten Sprichwort gerne lebt, neigte sich auf die Seite Napoleons.

Überspringen wir seine weiteren Stationen Richtung Paris, da sie wie die bereits erwähnte Marsch-Strecke unter dem Stichwort „Route Napoleon" über jede Internetsuche en detail nachzulesen und in jedem Ort als Hinweisschilder markiert sind. Auch und gerade in der Provence.

Allerdings verdient die Gegend nahe Laffrey eine explizite Erwähnung. Da stand Napoleons Husarenstreich auf der Kippe. Denn auf der „Prairie de la Rencontre" (auf deutsch: Feld des Treffens) empfing ihn eine unschlagbare Übermacht von regierungstreuen Truppen. Bis heute erinnert dort ein Denkmal an Napoleons Heldentat: er trat den feindlichen

Gewehrläufen allein entgegen und soll sinngemäß gerufen haben: „Ich bin euer Kaiser; wenn ihr mich erschießen wollt, dann jetzt und hier". Der Schießbefehl ertönte, doch statt Kugeln folgten Sekunden des Schweigens. Danach liefen die Truppen jubelnd zu Napoleon über. Der Weg nach Paris war frei, aber Napoleons Helden-Schicksal endete – wie jedem bekannt – etwa 100 Tage später in der Schlacht bei Waterloo.

Doch trotz aller militärischen Niederlagen von ihm können Sie seit 1932 die bestens beschilderte, sehr kurvenreiche Route Napoleon (N 85) auch in der Provence nachfahren. Lenktechnisch eine Herausforderung, landschaftlich ein Bouquet aus bannender Schönheit.

Schon erstaunlich, dass ein kleingewachsener und größenwahnsinniger korsischer Imperator selbst bis heute durch eine sich hunderte Kilometer langziehende Straße in Ehren und Erinnerung gehalten wird.

Verfahren können Sie sich darauf kaum. Besser beschildert als diese historische Fahrstrecke ist nur der Weg nach Paris.

Ein kleiner Schlenker sei nun verziehen: es ist wahrscheinlich nur eine Frage der Zeit, bis das italienische Fremdenverkehrs-Ministerium von Bonapartes Vermarktung lernt. Und einen landesweiten exklusiven Rotlicht-Milieu Führer als potentiellen Bestseller herausgibt, der sich an der „Strada Berlusconi" orientiert. Titelvorschlag: „Bunga Bunga". Pardon.

Abenteuer Auto

Eine bahnbrechende Erfindung aus der Frühzeit der Menschheitsgeschichte prägt bis heute einen großen Teil der Straßen der Provence: das Rad, genauer gesagt die Fortbewegung auf mehreren Rädern. Das Fahren von Toulon bis Cannes – eigentlich bis Nizza – ist purer Abenteuerurlaub am Lenker. Ein Prost auf jede und jeden, von denen diese Strecke ohne gröberen Blechschaden oder Schlimmeres gemeistert wurde. Besonders auf den Küstenstraßen. Denn da wird geheizt bis der Auspuff glüht, trotz Gegenverkehr überholt und bis zur hinteren Stoßstange aufgefahren nach dem Motto: Teufel komm` raus; und der lässt sich manchmal nicht zweimal bitten. Sollten Sie also an zu hohem Blutdruck leiden, sind zwei Tabletten vor Fahrtantritt dieser Route ratsam. Sie verdoppeln ihre Überlebens-Chance.
Denn überholen bei durchgezogener Linie oder einer nicht einsehbaren Kurve gehört im Bereich dieses südfranzösischen Departements namens „Var" zum verbreiteten Fahrstil von Motorrädern, Autos und Lastwagen jeder Kategorie. Blinker, Außen- und Rückspiegel scheinen absolut verzichtbarer Luxus zu sein. Was zählt, ist der alles und alle ignorierende Kurs nach vorne – egal auf welcher Spur – und das Gaspedal. Der Eindruck drängelt sich evident auf: am Steuer sitzen in dieser Gegend mehrheitlich Promille getränkte Nachkommen von Neandertalern ohne Führerschein. Deshalb bitte höchste Vorsicht – ja Alarmbereitschaft – wenn Sie ein Kennzeichen, das mit der Var-Nummer 83 endet, wahrnehmen; egal ob vor sich, hinter sich, oder gar entgegen kommend.
Ein defensiver Fahrstil – eventuell bis zum Stillstand – verlängert bei einer Vollbremsungs-Entscheidung ihre Lebenserwartung möglicherweise erheblich. Immer noch besser, Sie sehen vor Wut rot, als Sie sind wegen diesen Wahnsinnigen tot.

Besondere Aufmerksamkeit erfordert in diesem Zusammenhang die von der Autobahnausfahrt Le Muy in Richtung Küste führende, kurvige Landstraße D25.
Landschaftlich wunderschön, denn es folgt ein Provence Postkartenmotiv auf das andere. Bitte erliegen Sie nicht der Versuchung, diese in ihr Blickfeld zu integrieren und zu genießen. Viel empfehlenswerter ist es, wenn der Beifahrer davon Fotos macht, die zuhause ohne Sicherheitsgurt in einem bequemen Sessel oder auf dem Schreibtischstuhl vor

dem Computer-Bildschirm genossen werden können. Denn fahrtechnisch und an ihren Adrenalin-Spiegel stellt diese Strecke allerhöchste Herausforderungen. Es gilt als Überlebensregel: immer mit dem Schlimmsten rechnen.
Nehmen wir zum Beispiel ein Ehepaar aus Süddeutschland und nennen die beiden – rein fiktiv – Robert und Anne. Zu ihrem gemieteten Ferienhaus in Cavalaire sur Mer ist es nach dem Verlassen der Autobahn bei Le Muy keine Stunde mehr. Doch nach bereits über tausend Kilometer runtergeschrubbter Anreise-Strecke mit Staus und Baustellen wird die Fahrt zur Küste ein finaler Alptraum.
Obwohl es bereits dunkelt und sich die Vorboten der Nacht – nicht auf Anhieb zu identifizierende Schatten-Umrisse – auch über der Straße breit machen, erweisen sich viele französische Fahrzeuglenker als wahre Schwaben: sie sparen an jeder Art von Licht, um die Batterie und Beleuchtungs-Elemente zu schonen. Da konnte Robert, wenn er ein Blindlicht-Fahrzeug schemenhaft ausgemacht hatte, die Lichthupe betätigen, so oft er wollte – Franzosen genügt es, wenn sie etwas sehen. Gesehen werden gehört in die freiwillige de Luxe Fahrstil-Kategorie. Ein sternenklarer Nachthimmel mit Vollmond ersetzt doch jede Straßenbeleuchtung; die es auf dieser mit Kreuzen und Kränzen gesäumten Strecke von Le Muy nach St. Maxime eh kaum gibt.
Statt ausreichender Illumination zeichnet die Schlangenlinien-Straße eher das bei jungen Fahrern beliebte „Jumeau-Jeu" – übersetzt „Zwillings-Spiel" – aus. Vorzugsweise auf Streckenabschnitten, bei denen nicht mit Gendarmerie-Präsenz gerechnet werden muss. Der reale, Ratio freie Autospiel-Spaß geht so: hat ein 83er Jung-Franzose keinen Verkehr vor sich, und hinter ihm ist außer einem Wagen mit ausländischem Kennzeichen kein weiteres Fahrzeug auszumachen, dann bremst er ab. Ziemlich abrupt, praktisch von volle Kanne auf Null. Unangenehm überrascht werden durch dieses Manöver Robert und Anne, beide schon etwas geschafft von der bisherigen Anreise. Während er noch glaubt, dass der französische Fahrer ein gröberes Motor-Problem hat, ahnt Anne bereits die versteckte Tücke dieser Brems-Aktion. Sie warnt Robert davor, den Wagen zu überholen. Doch wer – wie Anne – einen Widder als Mann hat, ist sich des Scheiterns dieses mahnenden Vorschlags bewußt. Ohne zu zögern steuert Robert auf die freie Gegenfahrbahn und wird bleich, als der französische Wagen plötzlich – wie ein genesener

Lazarus – mit quietschenden Reifen wieder rasant Tempo aufnimmt. Genau so viel, dass er immer parallel zu Anne und Roberts vollbeladenem Gefährt bleibt. Ergo müssen die beiden auch vor der nahenden Kurve auf dem falschen Fahrstreifen bleiben.
Gegen jedwede innere Widder-Überzeugung erkennt Robert, dass die weibliche Intuition seinem Sturkopf überlegen war und ist. Er steigt – nach einer kurzen Vorwarnung an Anne – voll in die Bremsscheiben-Eisen und kann dadurch wieder nach rechts auf seine korrekte Fahrtrichtungs-Spur einfädeln. Zudem beherzigt Robert den Rat seiner Frau, an der in Sichtweite kommenden nächsten Feldweg-Einbiegung eine kleine Rast einzulegen; und zu warten, bis ein paar französische Autos sie passiert haben. Dadurch wird sich ein natürlicher Puffer zwischen ihnen und dem französischen Zwillings-Spiel Todeszocker breit machen. Denn statt im Urlaubsquartier in einem Hospital oder im Himmel, wenn´s ganz hart kommt gar in der Hölle zu landen, war ja wirklich nicht der Anlass dieser Reise.
Anne und Robert haben Konsequenzen aus dem Vorfall gezogen. Bei den nächsten Fahrten an die südfranzösische Küste verließen sie eine Ausfahrt vor Le Muy die Autobahn. Einmal ein „Jumeau-Jeu" überlebt zu haben, reicht; und darf bei der Ankunft im Ferienhaus durchaus mit Champagner begossen werden.

Auch bei wegen einer Panne oder einem Defekt nicht mehr fehlerfrei fahrbereiten Auslands-Autos hält die landschaftlich und historisch traumhafte Provence am Meer so manches Trauma parat. Eine lizensierte Kraftfahrzeug Marken-Niederlassung für die Reparatur erscheint logischerweise die Lösung für jede Art von motorisierten Problemen. Leider weit gefehlt. Auch in diesen optisch optimal seriös wirkenden Autohäusern, mit Mammut-Formalitäten bei der Auftrags-Annahme, herrschen eigene Gesetze. Ihre Arbeitsweise ist für die meisten Mitteleuropäer und vor allem für Deutsche auf Anhieb kaum durchschaubar. Zeitangaben für die Ausführung des Auftrags müssen mathematisch betrachtet als Variablen – ähnlich wie die Wettervorhersage – eingestuft werden, egal was auf dem Durchschlags-Dokument festgehalten ist.
   Die südfranzösische Küstenregion hat einige ungeschriebene Gesetze bei Dienstleistungen aller Art. Umgangssprachlich

werden diese mit dem harmlos klingenden Motto „Parole du Sud" umschrieben und mit einem Achselzucken unterlegt. Etwas flapsig übersetzt bedeutet dieser geflügelte Ausdruck in etwa soviel wie: Termine sind da, um sie zu verschieben.
Durch eine dieser „Parole du Sud" Werkstatt-Kuriositäten musste sich ein wirklich gutmütiger, finanziell bestens abgefundener Frühpensionär mit einer Oberklasse-Karosse durchkämpfen, den wir einfach kurz und bündig Jo nennen. Nicht ohne Grund: denn dieser trinkfeste Vollblut-Rheinländer mit einem gediegenen Immobilienbesitz in Croix Valmer gönnte sich – nach dem Ende seiner aktiven Karriere – die kostengünstigen Übernahme des bisherigen Firmenwagens und dazu sein regionales Wunsch-Kennzeichen mit der JO – 83 endenden Buchstaben und Zahlenkombination.

Der Aufwand, eine französische Zulassung zu bekommen – was mit etwas Geduld bei amtlichen Scherereien garantiert funktioniert und Geld gespart hätte – ging ihm am breiten Hinterteil vorbei: 83 ist 83, egal ob auf einem französischen oder deutschen Kennzeichen. Und ein Eurofuchser war Jo noch nie. Ein cleverer Fuchs allerdings schon. Sonst hätte er den frühen Abschied aus dem Berufsleben mit einem wahrhaft goldenen Handschlag nicht auf die Reihe bekommen.
Jos günstig in seinen Privatier-Besitz übergegangener Oberklasse-Wagen hatte alles, was das Fahrerherz begehrt. Auch eine sehr sensible Alarm-Anlage mit grellem Piepton, um potentielle Langfinger von einem Diebstahl zumindest akustisch abzuschrecken; was nicht vorhersehbare Folgen haben sollte.
Sein nicht protzig, aber pfiffig gestaltetes Ferienhaus stand in einer Art recht edlen Pueblo-Siedlung mit nach unten gestaffelt angelegten Häuser-Reihen im provencalischen Stil. Jos Domizil gehörte zu einem der unteren Quartiere. Es lag daher recht nah Meer. Doch von seinem Auto-Stellplatz bis hin zur Haustür war es ziemlich weit. An die siebzig verwinkelte Stufen, um genau zu sein. Alles ausgemusterte Eisenbahnschwellen, leider mit sehr unterschiedlicher Qualität. Prall gefüllte Einkaufstüten oder Weinkanister bis zur Haustür zu schleppen hätte Jo nur geschafft, wenn es zwischendrin eine Bar gegeben hätte. Oder besser noch zwei. So musste er eine andere Lösung für den alltäglichen Proviant-Transport finden. Und fand sie mittels eines

geräumigen Lochs, das er nach Absprache mit dem Besitzer des an sein Grundstück angrenzenden Campingplatzes in den – die Terrains trennenden – Maschendraht-Zaun schnitt. In das recht großzügige Loch ließ Jo eine Art Sicherheits-Gartentor setzen, zu dem nur er einen Schlüssel besaß. Und so endete jede Einkaufsfahrt von ihm zunächst mit einer Durchfahrt des Campingplatz-Geländes bis zu dem besagtem Tor.
Da die Camper-Anlage und Jos Grundstück annähernd dasselbe Höhen-Niveau hatten, waren es jetzt nur noch ein paar treppenfreie Schritte, um die feste und flüssige Nahrung ins traute Heim zu bringen.
Danach ging es durch den Camping-Platz retour zur Straße und auf den zum Haus gehörenden Stellplatz. Besser drei Kilometer mehr gefahren, als viel zu viele Stufen schwer geschleppt.

Ob Jo für seine Durchfahrts-Touren über den weitläufigen Ferienanlagen-Platz eine Art Privat-Maut abdrückte, bleibt sein Geheimnis und wurde von ihm immer verneint. Auch Ärger mit den Campern gab es angeblich nie. Selbst die kommunale Aufsichts-Behörde akzeptierte bei einem Kontroll-Besuch das Tor. Jo schaffte es mit drastischer Zeichensprache und seinem kargen Französisch, den Beamten davon zu überzeugen, dass dieses Tor ausschließlich als Fluchtweg bei einem Brand diente. Das war zwar geflunkert, aber theoretisch wahr. Der Gemeinde-Bedienstete lobte Jo sogar anerkennend für seine der Sicherheit aller dienenden Privat-Initiative.
Statt des eigentlich illegalen Tores sollte die von Baubeginn an genehmigte, teils marode Marathon-Treppe für Ungemach sorgen, und ungeahnte Konsequenzen haben – wegen Jos mit vielen Schikanen ausgestatteten Gefährts. Der Zusammenhang erschließt sich natürlich nicht auf Anhieb. Doch es brauchte selbst bei guter Kondition und ohne vollgepackte Taschen mindestens fünf Minuten von Jos Schlafzimmer zu seinem oben auf dem mit seiner Hausnummer markierten Parkplatz abgestellten Wagen. Schneller sein zu wollen war lebensgefährlich wegen der Tritt-Sicherheit der Stufen. Und warum auch immer: das hochsensible Alarmsystem des ehemaligen Firmenwagens begann sich aus unerfindlichen Gründen mehrere Tage hintereinander gellend wie eine Sirene in den frühen Morgenstunden vor Sonnenaufgang zu aktivieren.

Glaubten Jo und seine aus dem Schlaf gerissenen Nachbarn bei der ersten Piepton-Orgie noch an eine gelungene technische Abwehr-Reaktion eines versuchten Diebstahl, so war spätestens am dritten aufeinander folgenden, nerviglauten Heul-Weckton mitten in der Nacht zu unchristlicher Zeit klar: Jos Alarmanlage hatte ein Problem. Weshalb nur kurz vor Tagesanbruch blieb und bleibt ein Rätsel. Doch kein potentieller Autoknacker versucht sich dreimal hintereinander in der Morgen-dämmerung mit einem Einbruch an demselben Wagen, und hinterlässt aus Frust nicht einmal einen meterlangen Kratzer auf der Karosserie. Und der Lack wies keine Beschädigung auf. Nur das Nervenkostüm der Anwohner.

Für Jo war klar, dass er konsequent und rasch für Abhilfe sorgen musste. Es sich mit den Nachbarn zu verderben und selbst auch nicht ausschlafen können, war kontraproduktiv für ein freundliches Miteinander und eine erholsame Nacht.

Per endlosem Warteschleifen-Telefonaten klärt Jo mit seiner Stamm-Werkstatt in Deutschland ab, welche lizensierte Werkstatt in Südfrankreich den Schaden beheben könnte und möglichst nahe an seinem Feriendomizil liegt. Und er hat Glück: keine sechzig Kilometer von seinem Feriendomizil entfernt wird ihm ein seriöses französisches Dependance-Autohaus seiner Fahrzeug-Marke empfohlen. Also nichts wie hin.

Leichter gesagt als getan. Denn keine fünf Minuten, nachdem Jo seine gewünschte Zieladresse in das mit allen denkbaren Extras ausgestattete Navi-Gerät eingegeben hatte, gab dieses von jetzt auf gleich statt deutscher nur noch chinesisch klingende Fahrtrichtungs-Anweisungen. Alle Programmier-Versuche des technisch nicht unversierten Rheinländers, das Gerät wieder auf gut Deutsch, oder Kölsch umzustellen, scheiterten. Jo verstand die Welt nicht mehr: erst spinnt seine Alarmanlage, jetzt macht das Navi was es will. Ein Unglück kommt eben selten allein. Jo konnte nicht ahnen, wie Recht er damit hatte. Um von dem Sing-Sang Kauderwelsch der fernöstlich klingenden Stimme erlöst zu werden, schaltet er sein modernes Zielfahnder-Equipment einfach ab. Es ging früher schließlich auch ohne die Tom-Tom Dinger.

Die eigentlich schon ausgediente Straßenkarte im Handschuhfach ist Jos Rettung. Sie führt ihn ohne Umwege zu dem empfohlenen Autohaus. Dort

manövriert er sich mit seinem eher bescheidenen Französisch bei den Aufnahme-Formalitäten der Werkstatt durch; und erhält außer einem Auftrags-Durchschlag und einer Registrier-Nummer auch die Zusage, dass der Schaden in zwei, höchstens drei Tagen repariert ist. Die Ursache kann eigentlich nur die Luft-Feuchtigkeit sein, da der Wagen recht nah am Meer und in keiner Garage steht. Das Austauschen der wohl rissig gewordenen Elektronik-Kabel bei dem Alarm-System ist keine Affäre. Und in das Navi setzt man einfach ein rein deutsches Sprachmodul ein. Für Spezialisten eine reine Fingerübung. Doch zur Sicherheit soll er sich bitte vor der Abholung telefonisch noch einmal rückversichern, dass alles in Ordnung gebracht ist. Auf Elektrik geschulte Mitarbeiter können ja auch mal krank werden und ausfallen. Dann dauert eine solche Reparatur leider etwas länger.
Die Organisation eines kostenpflichtigen Leihwagens zur Überbrückung bis zur Reparatur übernimmt die Markenwerkstatt gerne. Das ist im Service compris.
Und so fährt Jo guten Mutes in einem bescheidenen französischen Kleinwagen – zu einem dreistelligen Tagesmietpreis – nach Hause. Für maximal drei Tage werden seine Bandscheiben das schon aushalten. Und sein Konto sowieso.

Am Morgen des dritten Tages greift Jo zum Hörer und ruft die Werkstatt an, um sicher zu stellen, dass er seinen Wagen – wie vereinbart – heute gegen Abend abholen kann. Nach englischsprachiger Durchgabe seiner Registriernummer erhält Jo die freundliche verbindliche Antwort der Autohaus-Rezeption, dass man sich kundig machen und ihn postwendend zurückrufen werde. Tatsächlich klingelt Jos Telefon keine zwei Stunden später und eine Mitarbeiterin des Autohauses bedauert aufrichtig, dass sein Wagen leider nicht auffindbar, sondern offenbar gestohlen worden ist. Aber Monsieur Jo soll sich bitte keine Sorgen machen: gegen solche Vorfälle ist die Werkstatt versichert.
Nach einigen sprachlosen Schrecksekunden findet Jo seine Fassung wieder und kündigt an, dass er mit einer in Französisch bewanderten deutschen Bekannten sofort vorbei kommen würde. Es könne doch nicht wahr sein, dass ein Wagen, der zur Reparatur der Alarmanlage auf dem gesicherten Gelände einer Fachwerkstatt stand, einfach so geklaut wird! Wieviel von Jos verärgertem Kneipen-

Französisch die Madame am anderen Ende der Leitung verstanden hat, bleibt spekulativ.
Fakt ist, dass seine perfekt französisch sprechende Bekannte – die Erbin eines Autohauses derselben Marke wie Jos Wagen – die lizensierte Reparatur-Werkstatt in Südfrankreich ordentlich aufgemischt hat. Sie bestand gegen alle Ausflüchte der Belegschaft resistent darauf, sofort mit dem Chef zu sprechen. Und ging dabei so weit, anzudrohen, dafür zu sorgen, dass der Werkstatt die Lizenz für die deutsche Edelmarke entzogen wird, sollte keine prompte Aufklärung dieses skandalösen Vorfalls erfolgen. Ein Wagen verschwindet doch nicht einfach so von einem überwachten Firmengelände. Frankreich liegt doch nicht in Polen.
Nach endlosen Befragungen der Belegschaft durch den Chef fand sich die Erklärung für das rätselhafte Verschwinden von Jos Wagen: der für die Alarmsystem-Reparatur verantwortliche Mitarbeiter sah sich bei dem Problem überfordert. Ohne großen bürokratischen Aufwand und ohne jedweden Vermerk an der Rezeption fuhr er mit dem Kundenfahrzeug zu einem ihm bekannten Elektronik-Spezialisten, wo Jos Wagen garantiert in besten fachmännischen Händen war. Und die Alarmanlage samt dem Navi in spätestens einer Woche wieder intakt gesetzt werden würde. Manches, um nicht zu sagen alles, dauert in Südfrankreich eben länger, als gedacht.
Ende gut, alles gut. Nach zehn Tagen hat Jo seinen Wagen ohne Fehlalarm-Auslösung und mit auf Deutsch funktionierendem Navigations-Gerät zurück. Zudem war er um eine kostenintensive Erfahrung reicher: miete nie einen Leihwagen von einem Händler, der von einer Werkstatt empfohlen wird. Für den insgesamt vierstelligen Rechnungsbetrag wegen der zehntägigen Mietdauer hätte er sich einen gebrauchten Zweitwagen mit französischer Zulassung vom Hof des Autohauses zulegen können. Wahrscheinlich sogar einen, der seine Bandscheiben nicht ganz so strapaziert hätte. Die Folgekosten wären überschaubar gewesen, denn in Frankreich existiert keine Kfz-Steuer. Und die Versicherung für einen Mittelklasse-Wagen mit angenehmen Extras liegt bei rund 30 Euro pro Monat – wenn Sie bis dato halbwegs zivilisiert und mit nicht allzu vielen Unfällen den Verkehr gemeistert haben. Ob dies bei Jo zutraf, wollen wir mal offen lassen.

Doch selbst wenn die Versicherungs-Prozente im Land ihres Hauptwohnsitzes bereits in den dreistelligen Bereich angewachsen sind, Sie aber verheiratet und Besitzer eines Ferienhauses in Frankreich sind, lohnt sich die Anschaffung eines Zweitwagens mit französischer Zulassung. Allerdings auf den Namen ihrer Gattin, die selbstredend einen Führerschein haben muss. Sollte sie bislang selten gefahren und deshalb ohne Unfall durch ihr Verkehrs-Leben gekommen sein, bemisst sich die französische Versicherung nach dem weiblichen Schadensfreiheits-Rabatt. Als ihr Gatte können Sie sich problemlos als Zweitfahrer auf den Police-Schein miteintragen lassen. Ein legaler Trick, der dennoch nicht vor jedem finanziellen Schaden schützt. Denn die im Versicherungs-Basistarif integrierte Glasbruch-Abdeckung übernimmt mutwillig beschädigte Plexiglas-Heckscheiben bei Cabrios nicht.

Diese Erfahrung musste ein Belgier, dessen Pseudonym Paulus Vanbock ist, machen.

Seine flämische Versicherungsprämie streifte bereits die 200 Prozent-Marke. Obwohl reich wie ein Scheich, war ihm das zuviel und er erwarb auf den Namen seiner Frau ein günstiges französisches Mittelklasse-Cabrio. Probleme mit der Zulassung gab es nicht, da er seiner Gattin zu ihrem letzten Geburtstag eine schmucke Villa in der Provence geschenkt hatte. Als Hausbesitzer oder Dauermieter ist eine französische Kfz-Zulassung eine reine Formalität – sofern Sie sich durch eine aktuelle Stromrechnung auf ihren Namen legitimieren.

Der einziger Haken an der Sache war: das schnittige Cabrio musste nach einem halben Jahr dringend zur Controle technique, dem französischen TÜV. Paulus Vanbock sah darin kein Problem. Da es ihm auf ein paar Euro nicht ankam und er Formalitäten aller Art hasste, brachte Paulus das Open-Air Gefährt zur Generalinspektion in eine französische Fachwerkstatt der Wagenmarke; mit dem Auftrag, eventuell notwendige Kleinreparaturen samt den üblichen Wartungsarbeiten vorzunehmen und gegen entsprechendes Salär die TÜV-Formalitäten zu erledigen.

Keine fünf Tage später erreicht ihn der Anruf, dass alles erledigt wäre. Auf der Frontscheibe des Cabrios würde die neue TÜV-Plakette kleben. Allerdings hätte dieser Erfolg bedauerlicherweise den Kostenvorschlag etwas überschritten. Die Reparatur und Wartungsaufwendungen erwiesen sich Zeit intensiver, als voraus zu sehen war. Nobel betucht aussehen und ein „ was kost` die Welt"-Auftreten hat eben auch gewisse Nachteile.

Von seiner Frau in seinem belgischen Renommé-Wagen hin chauffiert, stellt Vanbock bei der exorbitanten Werkstatt-Rechnung fest, dass alle vier Reifen samt der Lichtmaschine und der Benzinpumpe und dazu auch die Stoßdämpfer und Bremsbeläge bei dem Cabrio komplett erneuert wurden. Selbst das Ersatzrad war neu. Kulanterweise wurde bei dem Ölwechsel nur das Material berechnet. Erstaunlich, dass in den kleinen Cabrio-Motor fast zehn Liter Öl hinein gingen.

Nicht nur in Paulus Gemüt, sondern auch am zuvor noch azurblauen Himmel ziehen urplötzlich bedrohlich dunkle Wolken auf. Er begleicht mit Stier-Nacken und geschwollenem Kamm die horrende Rechnung, und schließt zur Vorsicht wegen dem aufziehenden Regen das aufgeklappte Cabriodach. Dann traut er seinen Augen nicht: die Plexiglas-Heckscheibe ist über mindestens einen halben Meter durchgeschlitzt. Als er den Wagen abgab, war sie doch noch völlig intakt! Darauf angesprochen, reagiert der Werkstatt-Chef südfranzösisch gelassen: so ein kleines Desaster komme hin und wieder über Nacht auf seinem Gelände vor. Leider decke die Firmen-Versicherung diesen Vandalismus nicht ab. Sein belgischer Kunde solle es positiv sehen: immerhin wären die Reifen nicht durchstochen. Und für den kleinen Schlitz an der Heckscheibe habe er ein transparentes Spezial-Klebeband auf Lager. Nicht ganz billig, aber gegen Feuchtigkeit und Regen garantiert resistent. Vanbock weiß nun, welche Werkstatt ihn bestimmt nie wieder sieht.

Tipp von Insidern: fahren Sie immer erst zum TÜV und dann mit dem Mängel-Bericht in eine Werkstatt. So vermeiden Sie unangenehme finanzielle Überraschungen. Und erleben manchmal gar eine positive. Wie der etwas chaotisch organisierte Robert, den Sie schon von dem „Zwillings-Spiel" kennen. Mit seiner Frau hat er mittlerweile ein Anwesen mit sehr großzügigem Baum- und Strauchbestand samt einem kleinen Haus erworben. Sein in die Jahre gekommenes Kombi-Gefährt mit umklappbarer Rückbank benutzt er als Schnittgut-Transporter. Nach einer Ablade-Aktion bei der Grünabfall-Deponie kommt ihm die spontane Idee, beim TÜV vorzufahren, und um einen Termin zu bitten. Die Kontrolle ist laut Plakette seit mehr als zwei Monaten überfällig. Doch Robert hat Glück im Pech. Aus welchem Grund auch immer

ist der TÜV-Prüfer ein Fan seines robusten und trotz der vielen Jahre praktisch rostfreien Kombi-Gefährtes. Und weil zufälligerweise vor einer halben Stunde kein gebuchter Kontroll-Termin ansteht, nimmt er sich Roberts Wagen sofort vor. Annes Mann wird bleich. Der Innenraum – inklusive überquellendem Aschenbecher – sieht aus wie Sau. Der Laderaum ist von Resten des Schnittguts übersät und die Rückbank immer noch umgeklappt.
Den TÜV-Prüfer stört das nicht. Eigenhändig klappt er den Rücksitz hoch, prüft ob die Sicherheitsgurte mit etwas Gewaltanwendung einrasten und fährt Roberts Wagen auf den Bremsstand. Das durch die Frontscheibe ablesbare Meßgerät für die Qualität der Wirkung beim Betätigen des Bremspedals bleibt im grünen Bereich.
Kritischer wird die Beurteilung der Abgas-Emission. Denn der Anzeige-Computer dafür steht parallel zur Beifahrer-Scheibe. Und die ist zu verstaubt, als dass der Prüfer die Anzeigeziffern in Größe eines Taschenbuches bei bestem Willen irgendwie erkennen kann. Doch ein Südfranzose ist in Improvisation geübt: so wird einfach die Scheibe herunter gekurbelt und schon ist der Blick frei auf das Zahlentableau. Robert kann kaum fassen, dass auch diese Auswertung im grünen Bereich liegt. Danach geht es auf die Hebebühne, um die Unterseite des Oldie-Kombis zu begutachten. Eine Stablampe und einen Hammer in der Hand beginnt der Prüfer zu lächeln: das sei einfach noch gute alte deutsche Wertarbeit. In so einem Alter ein solcher Zustand, das erfüllten manche französischen Neuwagen nicht.
Trotz aller Sympathie des TÜV-Prüfers für das Fahrzeug-Fossil muss er auf dem Untersuchungs-Bericht sieben gröbere und kleinere Mängel dokumentieren. Seine Frage, bei welcher Werkstatt Robert den robusten Kombi warten lasse, macht Annes Mann etwas verlegen. Eigentlich bei keiner. Er fahre bei einem Problem immer zu der kleinen Garagen-Werkstatt von Pierre in Croix val Mer. Der Prüfer strahlt: Pierre Gaston? Robert nickt und kann kaum glauben, dass er eine neue TÜV-Plakette erhält. Unter der mündlichen Auflage, die Mängel innerhalb von zwei Jahren bei Pierre reparieren zu lassen. Den kennt der Prüfer nämlich persönlich und legt seine Hand dafür ins Feuer, dass sein Kumpel einer der besten Mechaniker und Boule-Spieler in dieser Gegend ist. Bonne route.

Strom und Telefon

In Südfrankreich führt zumindest in der Departement-Region 83 das Elektro- System – wie streng genommen sehr vieles – bei Regen ein für preußische Verhältnisse kaum durchschaubares Eigenleben. Teilweise leider auch, wenn kein Tropfen fällt. Selbst in der laut Reiseführer mit bestem Wetter ohne Ende garantierten Saison gibt es pikanterweise stromlose Perioden. Um nun nicht zu übertreiben: Meist bleibt die statistisch belegte Sonne, Spaß und Segelwetter garantierende Kalenderphase problemfrei, was die Elektrik angeht.
Die raren, überraschenden Widrigkeiten entstehen nur bei einer sehr seltenen, meteorologisch jedem Postkartenmotiv widersprechender Wetterlage: der azurblaue Himmel zieht sich mit fetten schwarzen Wolken zu und Minuten später knallt Prasselregen runter und fegen Mistralböen unverhofft mitten in den klassischen Cote d`Azur Promi-Sommer. Da werden selbst schwere Außenmöbel-Stücke zu Flugobjekten. Mit unsanften Landungen.
Die unter diesen stürmischen Umständen meist spontan in flächendeckenden Streik tretende Stromversorgung löst ab und an nicht nur depressiv geprägtes Kopfschütteln aus. Sondern meist leichte Panik. Denn in aller Regel folgt diesem elektrischen Null-Saft Desaster auch ein ziemlich nerviges, das innere Gummiband der Geduld strapazierendes Abenteuer: wie gelingt es, in einem überschaubaren Zeitraum wieder zur zivilisierten Strom-Kultur zurück zu finden? Das Zauberwort heißt telefonischer Notfall-Service. Vorausgesetzt, dass der Strom-Supergau glücklicherweise kein Feuer ausgelöst hat. Sondern sich nur unaufhaltsam ein seltsames, leise sirrendes Knistern im zentralen Elektrokasten innerhalb des Hauses breit macht: es beginnt bei den größtenteils antiquarischen Sicherungen, verbreitet sich in Steckdosen und erreicht zuletzt die sensiblen High-Tech Elektro-Anschlüsse. Resultat des um diese Jahreszeit raren Regens: rien ne va plus. Alles stellt sich tot.
Dies gilt insbesondere auch für die preisgünstigen, mit dem Telefon adaptierten – allerdings recht mimosenhaften – Internetanschlüsse; oder die in der Anschaffung preislich kräftig reduzierten Alarmanlagen. Beide Sonderangebot-Gerätschaften müssen nach dem elektrischen Totalabsturz komplett neu wiederbelebt und reaktiviert werden. Von wem und wann ist offen. Denn auch provencalische Versicherungspolicen haben

viel, sehr viel verschlüsseltes Kleingedrucktes. Das beginnt damit, dass bei jedem Schaden vor der Expertise eines von der Versicherung beauftragten Fachmanns das Wort Kosten-Erstattung nicht einmal angedacht werden braucht. Und bis der einen Termin frei hat, vergehen Wochen.

Was nun, wenn praktisch nichts mehr tut? Zunächst einmal die Bargeld-Reserven sowie den Kontostand überprüfen und vor allem ruhig bleiben. Denn normalerweise hat das Handy und sein Empfangsnetz die Strom-Chaos Attacke unbeschadet überstanden und man kann damit Kontakt zur Außenwelt halten. Und Abhilfe organisieren. Ist doch schon mal was. Verschärft wird die Lage, wenn sich das unerwartete Desaster am späten Abend ereignet.
Bewappnet mit einer Taschenlampe muss nun im Halbdunkeln der Ordner mit den Nebenkosten-Dokumenten gefunden werden. Denn eine auch über Portable erreichbare Notfall-Nummer für die ausgefallenen Festnetz-Anschlüsse und Stromverbindungen steht auf jeder Schätzungsforderung und der später eintreffenden, meistens nach unten korrigierten Quartals-Abrechnung. Die Rettung versprechende Nummer findet sich recht rasch. Doch bitte nicht zu früh freuen. Denn bei den französischen Warteschleifen ist es leider nur eine Frage der Zeit, bis auch diese letzte mobile SOS-Verbindung zur Zivilisation wegen des erlahmenden Handy-Akkus den Geist aufgibt. Und Aufladen geht bei null Strom nun mal wirklich gar nicht. Außerdem sind die Notfall-Service Dienstleistungen für die Call-Center Mitarbeiter zeitlich sehr freundlich bemessen: ab 17 Uhr ist Feierabend. Morgen ist schließlich auch noch ein Tag.
Wer nun keinen hilfsbereiten Freund für diesen Portable-Game-Over Fall an der Hand hat, und somit unkompliziert an ein eventuell noch aufgeladenes Handy kommt, dem bleibt nur der Gang oder die Fahrt zum nächstgelegenen Nachbarn. Mit einer Flasche guten Weins, um stilgerecht um Hilfe zu bitten beim Durchforsten der schwergewichtigen französischen Gelben Seiten, und dem Benutzen des fremden Nachbar-Handys. Beten kann dabei durchaus nicht schaden. Denn in aller Regel muss das Supergauproblem beim Strom dem höflichen Anrufbeantworter einer Elektrofirma anvertraut werden; in mehr oder minder verständlichem Französisch. Ein direkter verbaler Kontakt ist wegen Überlastung des gewählten Anschlusses praktisch auszuschließen. Genauso

wie die Illusion, bei den im Branchenbuch gelisteten Firmen ein Servicedienst-Schnäppchen zu finden. Aber wer den Schaden und keine Wahl hat, erteilt bei dem Rückruf eines kontaktierten Unternehmens – auf dem Handy des Nachbars – sofort den Auftrag zur Behebung des Schadens an diese angebliche Experten-Firma. Egal was es kostet. Es geht schließlich darum, rasch wieder halbwegs zivilisatorische Verhältnisse zu haben: Strom, Telefon und e-mail Verkehr.

Keine Frage, dass die Firma beteuert, so schnell wie nur möglich vor Ort zu sein, um alles in Ordnung zu bringen. Wann genau, ist bedauerlicherweise etwas ungewiß. Doch ganz sicher garantiert wird, dass die Arbeit zu einem recht humanen Notfall-Sondertarif durchgeführt wird. Gegen cash oder Bar -Scheck. Diese Schnellservice Pannen-Pauschale beträgt kaum das Doppelte eines normalen Reparatur-Einsatzes, der je nach terminlicher Auftragslage mehrere Tage, wenn nicht Wochen dauern kann.

Mit viel Glück geschieht das kleine Wunder: es braucht keine sechsunddreißig Stunden, bis der zuständige Mitarbeiter des Unternehmens vor Ort im eigenen Haus da ist, und loslegt. In südfranzösischem Tempo, also sehr gewissenhaft und immer wieder mal lange nachdenkend. Die vielen bunten Kabel in dem zentralen Stromverteiler-Kasten fordern selbst einen erfahrenen Fachmann. Wo laufen die nur alle hin?! Gegen dieses Wirrwarr ist der Gordische Knoten ein leicht zu lösendes Wollknäuel. Doch nach einer gefühlten Ewigkeit nehmen die wichtigsten Steckdosen und Geräte ihren Dienst wieder auf. Voilà, geht doch.

In der jüngsten Vergangenheit sind die Stromverbindungen in der Provence mancherorts stabilisiert worden. Nicht ganz auf deutschen Sicherheits-Standard, aber annähernd. Bitte jetzt keine nationalistische Schadenfreude. Wer in Deutschland schon mal versucht hat, den Dienstleister für Strom, Handy oder gar den Internet-Anbieter zu wechseln, der wartet unter Umständen erstens nicht nur noch länger, sondern nähert sich ohne Anwalt fast dem Wahnsinn, weil – entgegen allen Versprechungen – nichts mehr funktioniert.

Um hier kein übertriebenes Horror-Szenario aufzubauen, muss klar gestellt werden: bei den überwiegend günstigen Sommerwetter-Umständen – also trocken und heiß – macht die Elektrik in der illustren Strand-Edelregion der Provence kaum Probleme in Privathaushalten.

Diese Regel erfährt allerdings eine Ausnahme am Grand-Nation-Feiertag im Juli. In den Küchen aller Kneipen und Restaurants herrscht permanent Alarmstufe Rot, da sämtliche Gerätschaften auf Hochtouren laufen.
Denn die Franzosen feiern bei der Mutter aller Festtage vor allem kulinarisch, möglichst vom Feinsten. Und ein fünfgängiges Menu bei voll besetzten Tischen fordert nun mal seinen Tribut. Nicht nur bei der Lächel-Kondition des Service-Personals, sondern vor allem von der Küchen-Belegschaft. Jede Minute kann der Elektro-Saft für den Herd, die Mikro, Friteuse oder Abzugshaube ausfallen. Wegen regionaler Überlastung des Stromnetzes. Fatale Konsequenz: dann gehen – teilweise auch in den Privathaushalten – alle Lichter aus. Im übertragenen Sinn und faktisch.
Was für die Gastronomie-Besucher auch Vorteile hat. Denn in diesem Fall wird das Ambiente für die Gäste optisch richtig romantisch. Obwohl auf den dicht bestuhlten Tischen kaum Platz für die Teller, das Besteck und den Baguette-Korb ist, kommen noch Kerzen aller Art – von Teelichtern bis Tafelkerzen – hinzu. Ganz im Dunkeln feiert es sich nunmal nicht wirklich entspannt; doch mit der netten, improvisierten Illumination bekommt der Feiertag ein ganz eigenes Flair. Solange der Wind mitspielt und sich ruhig verhält.
Richtig stressig und atmosphärisch unangenehm gestaltet sich in diesen stromlosen Zeiten, deren Länge nicht exakt abschätzbar ist, die Arbeit in der Küche. Besonders wenn gerade der Hauptgang mit feinsten Steaks au point ansteht. Durch die vorsorglich zur Notfall-Reserve bereit gestellten Camping-Gaskocher wird versucht zu retten, was eigentlich nicht mehr zu retten ist. Man sieht ja fast nichts. Und so muss jedes Steak bedauerlicherweise entweder gar nicht oder sehr well done serviert werden. Mit dem entschuldigenden Hinweis, dass dies nicht an der Küche sondern den lahm gelegten Stromkabeln liege, kommt die essbare Ledersohle auf den Tisch. Pikant gewürzt. Bon appétit.
Von solch kleinen kulinarischen Pannen lässt sich ein Franzose seinen wichtigsten Festtag nicht vermiesen. Er ignoriert das Desaster und bestellt einen Champagner auf's Haus. Damit sich der Hauptgang – in schlanke Stückchen geschnitten – herunterspülen lässt. Der Restaurant-Chef quält sich ein Lächeln ab: ja warum eigentlich nicht mal wieder Schampus für alle?! Pannen soll man feiern, wenn sie anfallen. Die Gäste sind derselben Meinung; vor allem, da das

perlende Champion-Getränk gratis ist und das Service-Personal kräftig nachschenkt.
Die Kalkulation des Restaurantbesitzers für das Menu wird dadurch natürlich etwas verwässert. Doch mit kleineren Portionen beim letzten Gang, dem Dessert und Käse, gleicht sich alles zur Zufriedenheit aller wieder aus. Und im Schnitt dauert die stromlose Periode, die auch Privathaushalte lahm gelegt hat, maximal eine Stunde. Danach strahlen alle Lampen und Gesichter wieder feierlich. Gläser hoch: auf Frankreich und seinen Strom! Die Kerzen als Licht-Reservisten haben ihren Dienst getan. Sie werden abgeräumt; bis zum nächsten Notfall-Einsatz.

Der in der Provence schneller kommen kann als gedacht, wenn sich – egal in welcher Jahreszeit – über dem Meer oder den bewaldeten Hügeln ein Gewitter zusammen braut. Obwohl die Elektrik-Grundversorgung nach und nach modernisiert wurde, gilt bis heute und wohl auch in Zukunft: sobald am Horizont ein Blitz zu sehen oder ein Donnergrollen zu hören ist, naht der stromlose Ausnahmezustand. Deshalb sofort nicht nur in Bars und Restaurants, sondern auch in allen normalen Feriendomizilen und Haushalten den Ratschlag beherzigen: bitte sämtliche verfügbare Kerzen aktivieren, damit es nicht zur totalen Lichtfinsternis kommt. Dazu natürlich auch – soweit vorhanden – Taschenlampen in Griffweite legen.
Kommt das Unwetter näher und näher ist es empfehlenswert, das Telefon und High-Tech Geräte aller Art von den Steckdosen zu trennen. Wobei der Receiver nicht vergessen werden sollte. Der Fernsehempfang und die Telekommunikation fallen eher früher als später sowieso aus. Gefährdet sind bei Gewitterregen mit Blitz, Donner und fauchenden Sturmböen vor allem die kommunalen Strom-Hauptleitungen zu den an sie angeschlossenen Gebäuden. Überspannungen sind bei Weltuntergangs-Wetter eher die Regel als die Ausnahme. Deshalb schlägt der größte französische Anbieter für Telefon, Internet und Fernseh-Empfang bei Vertragsabschluss schriftlich eindringlich vor, lieber für ein paar Stunden als tagelang von der High-Tech-Zivilisation abgeschnitten zu sein und deshalb bitte rechtzeitig die Stecker raus zu ziehen. Zuerst den der hochsensiblen, für die Telekommunikation im weitesten Sinne verantwortlichen Multifunktions-Box. Danach alle anderen.

Ist das Unwetter vorbeigezogen, bietet sich der Versuch an, alles zu reaktivieren. Also Stecker wieder rein. Leider sehr oft ohne den gewünschten Erfolg: an allen High-Tech Geräten nur Stille, nicht ein einziger Ton, oder Standby-Lichtsignal. Ohne französisches Portable oder deutsches Handy geht dann zunächst erneut natürlich gar nichts mehr. Denn Schadensmeldungen müssen über eine beim Personal und den Öffnungszeiten mittlerweile aufgestockte telefonische Hotline gemeldet werden. Die Dauer der Warteschleife dieser Notfall-Nummer kostet leider nicht nur Gebühren, sondern mindestens zwei, manchmal drei Drinks oder eine Valium-Tablette, um die Nerven zu behalten. Vielleicht auch beides. Sollte nach einer gefühlten Ewigkeit die Verbindung zum SOS-Service zustande kommen, lauert schon die nächste böse Überraschung. Im Staccato-Tempo fordert eine französische Bandstimme – nach höflicher Begrüßung – dazu auf, irgendeine irritierende Tastenkombination einzugeben, um an die zuständige Reparatur-Stelle verbunden zu werden. Bewährt hat sich in diesem Fall für den sprachlichen Laien oder Alltags-Französisch Kenner, einfach die Zahl Drei auf dem Handy zu drücken. In der Info-Ansage wird diese Zahl gar nicht erwähnt. Doch warum auch immer – so landen Sie an einem Ansprechpartner, der zumindest eine Kollegin oder einen Kollegen kennt, der ihre Sprache spricht. Die Verbindung klappt. Doch unglücklicherweise hilft auch das nicht wirklich weiter. Denn Ihnen wird beim ersten Kontakt mitgeteilt, dass alles kein wirkliches Problem sei, da die Techniker-Zentrale über ihren Mastermind-Computer die Sache in spätestens zwei Stunden wieder unter Kontrolle hat; voraussichtlich, wenn den Spezialisten die Neuprogrammierung gelingt. Nach drei Stunden, dem vierten Pastis und immer noch keinem Ton auf dem Festnetz folgt der zweite Kontakt über Handy zur SOS- Nummer. Und jetzt wird`s richtig südfranzösisch: ein anderer kompetenter, deutsch sprechender Ansprechpartner versichert, dass der Strom und alles andere so rasch als nur möglich wieder funktioniere. Denn er sieht auf seinem Computer angeblich die Information, dass gerade ein fixer Notfallplan für ausgefallene Festnetzanschlüsse bei Multifunktions-Boxen erarbeitet wird. Doch leider lässt sich noch nicht sagen, an welchem Wochentag welcher Anschluss wieder tut. Aber jeder Kunde würde darüber schriftlich informiert. Na super. Kalkulieren Sie im Fall dieses Ausfalles zur Schadensbehebung ungefähr fünf Tage ein. Mindestens.

Etwas genauer informiert sind bei dieser Misere meist die französischen Nachbarn. Die wissen, an welchem Tag der Retter am lokalen Verteilungskasten für die Multibox-Telefonanschlüsse und den dafür notwendigen Stromanschluss auftaucht. Um welche Uhrzeit genau, das bleibt allerdings für jeden ungewiss. Es gilt einfach: an diesem Datum wie Hercule Pouirot von morgens an immer auf der Lauer liegen, um nicht zu verpassen, wenn der rot-weiß uniformierte Experte eintrifft. Und ihn erst wieder fahren lassen, wenn der eigene Anschluss beim Praxis-Test tatsächlich problemfrei funktioniert. Die französische Nachbarschaft besteht gegenüber dem sich fachmännisch wortkarg gebenden Pannenbeheber ebenfalls auf diesen Test. Und der Reparateur kommt mit seinem Kleinkombi eh nicht weg, bevor die Proben auf's Exempel überall funktioniert haben. Denn wie von Zauberhand ist sein Firmen-Kastenwagen vorne und hinten durch zwei Autos von französischen Nachbar-Karossen verdammt eng zugeparkt. Nämlich Stoßstange an Stoßstange. Der Zweck heiligt dieses Mittel. Schließlich ist auch ein Fachmann ab und an ein bißchen vergesslich oder etwas unkonzentriert. Warum nicht auch mal der Telefon und Strom Kabelkontakt-Experte? Also muss er eben solange herum hantieren, bis wirklich jeder der betroffenen Anschlussteilnehmer wieder die über Strom gespeiste Multifunktion Box-Serviceleistung zur Verfügung hat, für die er eine monatliche Pauschale bezahlt. Auch beim Ausfall des Gerätes. Denn laut Vertrag bedeutet höhere Gewalt wie Gewitter noch lange keine niedrigeren Fix-Kosten. Nur wer richtig Geduld, viel Chuzpe und einen solidarischen Anwalt in der Hinterhand hat, kann bei einem temporären Defekt einen Kulanzbetrag heraus handeln. Der allerdings kaum die Kosten für den Advokat deckt. Von den angefallenen Handykosten ganz zu schweigen.

*

So paradox dies auch klingen mag: ein kollektiver Blackout von Strom und Telefon ist immer noch besser als ein individueller Ausfall. Umso mehr französische Haushalte mit betroffen sind, desto schneller werden die Schäden behoben. Denn irgendein Anrainer hat immer private Beziehungen zum kleinen Dienstweg. Sollte Sie dieser Ausfall alleine als Nicht-Franzose treffen, womöglich auch noch mit einem eigenen

Verteilerkasten für ihr im Grünen stehenden Zuhause, dann wird es wirklich kritisch.

Nun muss ein von verschiedenen vertrauenswürdigen Quellen empfohlener Elektriker – seriös, recht pünktlich und korrekt abrechnend – kontaktiert werden. Nach seiner avisierten Ankunft versucht er sich – mit immer tiefer werdenden Sorgenfalten auf der Stirn – zum ausgemachten Termin am im Haus angebrachten, und aus unersichtlichen Gründen streikenden Sicherungs-Tableau. Nach einigen Fehlversuchen letztlich erfolgreich, obwohl die vom Vorbesitzer nachgerüstete Elektroheizung sehr abenteuerlich an das vorhandene Stromnetz des als Sommer-Domizil konzipierten Gebäudes installiert wurde. Die Empfehlung des clever und zielgerichtet agierenden Fachmanns, die gesamte altersschwache Elektrik möglichst rasch komplett neu zu installieren, muss wohl überlegt werden. Sie übersteigt in aller Regel das kalkulierte Budget für die Instandhaltung der über Kredite finanzierten Immobilie. Zudem siegt der Optimismus, dass nun ja wieder alles strommäßig fehlerfrei läuft und dazu auch der Festtelefon-Anschluss im Lot ist. Eine möglicherweise fatale Fehleinschätzung.

Die Folgen sind unabsehbar und können zu folgendem, von Robert und Anne – die Sie bereits kennen – real miterlebtem Horror-Szenario führen: aus keinem nachvollziehbaren Grund knistert es in ihrem Ferienhaus plötzlich ganz kurz an verschiedenen Steckdosen: die für Telefon, Receiver, Fernseher und Kühlschrank. Kurz danach breitet sich ein beißender Rauch-Geruch in den Räumen aus. Die Quelle kann – der Nase folgend – rasch gefunden werden: im Stromverteilungs-Kasten des Hauses brennt die Hauptsicherung; gottlob klein wie eine Feuerzeug-Flamme. Jetzt macht sich die Investition in den handlichen Haushalt-Feuerlöscher bezahlt. Sein Schaum erstickt den Funzel-Brand, ehe er sich ausbreiten kann. Nun gilt es für Robert, nach unten in die Garage zu sprinten, um dort die Generalsicherung zu überprüfen. Die überraschenderweise tatsächlich noch auf Grün steht, und von ihm per mutigem manuellem Schalterklick in Rot-Position gebracht wird. Überhaupt kein Strom ist schließlich immer noch besser, als ein unberechenbarer. Doch auf Dauer auch keine Lösung. Es muss sofort Kontakt zu dem Elektriker hergestellt werden, der bei seinem ersten Auftrag die antike und nachgerüstete Stromversorgung wieder zum Funktionieren brachte.

Unglücklicherweise ereignet sich das Maxi-Malheur an einem Sonntag – wann auch sonst. Mehr als der Anrufbeantworter des Retters der abenteuerlichen Verkabelung ist nicht erreichbar. Und einen Sonntags-Notdienst gibt es im besten Fall nur bei Ärzten und Apotheken, nicht aber bei einem selbstständigen Elektriker. Da können Sie auf das Band sprechen, was Sie wollen. Dass am Sonntag Hilfe kommt, ist pure Illusion. Es bleibt Robert nur eins: auf gut Glück ins Auto steigen und zu der Adresse fahren, die auf der Visitenkarte des mit dem Strom-Mysteriums im Haus bereits vertrauten Fachmanns angegeben ist.

Der sitzt bei herrlichem Sonnenschein gerade in seinem Garten beim Aperitif mit Freunden und staunt nicht schlecht, dass es ein allemanischer Client wagt, ihn unangekündigt zu belästigen. Perfektes Timing sozusagen, wenn man in ein provencalisches Fettnäpfchen treten will. Nur mit dem charmantesten Französisch gelingt es Annes Mann, den reserviert reagierenden Elektriker davon zu überzeugen, dass die Stromlage in dem von ihm vor kurzem instand gesetzten Verteilerkasten einen Supergau hat. Und selbstverständlich jeder Sonntags-Aufschlag zur Behebung des Schadens bezahlt wird, den er für angemessen hält.

Das Schicksal ist gnädig. Zwar nicht gerade begeistert, aber dennoch glaubwürdig, verspricht der Stromexperte, etwa in einer Stunde am Ort des Desasters zu sein. Nach dem Aperitif.

In weniger als zwei Stunden fährt er tatsächlich vor. Und staunt nicht schlecht über den dicht eingeschneiten Stromverteilungskasten. Er fragt nach dem Blasebalg für den Kamin oder Grill und pustet damit den Feuerlösch-Schaum aus dem Kasten heraus. Klar wäre ein Haarföhn schneller und effektiver gewesen. Aber batteriebetriebene Heißluft-Geräte für die Frisur sind nicht nur total out, sondern praktisch in keinem Haushalt mehr vorhanden.

Die verkohlte Hauptzuleitungs-Sicherung wird gegen eine neue ersetzt. Der Bitte des Experten, nun in der Garage die Generalsicherung wieder auf Grün zu stellen, kommt Robert gerne und hurtig nach. Das Ergebnis ist erfreulich und ernüchternd zugleich. Die Stromzufuhr funktioniert wieder, doch leider nur für einige wenige Minuten.

Der die Nerven erneut strapazierende, mit Logik nicht erklärbare Komplett-Ausfall hat glücklicherweise keine erneute Flammenfolge. Aber bizarr und besorgniserregend stuft ihn der langsam etwas bleich werdende Fachmann dennoch ein. Er hat doch kurz zuvor alle Einzelsicherungen gewissenhaft überprüft. Aus seiner Erfahrung kann die Ursache der theoretisch nicht möglichen Stromlosigkeit nun nur noch in dem kommunalen Zuleitungs-Kasten unten an der Straße des zum Haus gehörenden Geländes zu finden sein. Aber den darf er nicht öffnen. Nur ein vom Stromversorger autorisierter Spezialist hat dazu die Legitimation. Eine auch sonntags erreichbare Sondernummer zu dem dafür in dieser Region legitimierten Kollegen ist im Handy des etwas ratlos wirkenden Elektrikers gespeichert. Allerdings liege die Entscheidung für einen Appell beim Clienten. Denn sollte wider seiner Analyse-Erwartung kein Schaden in dem kommunalen Verteilerkasten zu finden sein, dann wird`s richtig teuer. Exorbitant. Weil dieser Sondereinsatz, dazu noch am Sonntag, als die ultima ratio gilt, zu der ein erfahrener Fachmann für Strom dem Betroffenen rät; weil er selbst wirklich am Ende seines Lateins ist. Doch sollte das elektrische Malheur – egal aus welchem Grund – im kommunalen Kasten bei den Leitungen gefunden werden, dann gibt`s eine meist recht kulante Entschädigung für alle vom Stromchaos zerstörten Geräte. Und das sind bei Robert und Anne nicht nur zwei oder drei. Sondern viele, wenn nicht praktisch alle.

Es gibt Entscheidungen, bei denen man keine Wahl hat. Auge in Auge wird der anwesende Experte gebeten: bitte Anrufen, und von Kollege zu Kollege darauf drängen, dass die Prüfung des kommunalen Verteilerkastens möglichst zeitnah durchgeführt wird. Am besten praktisch sofort.

Keine halbe Stunde später erscheint der sich trotz dem Sonntag-Einsatz jovial präsentierende Spezialist. Er ordnet an, dass sich alle – außer ihm – mindestens dreißig Meter von dem kommunalen Kontrollpunkt-Kasten entfernen. Das ist der vorgeschriebene Sicherheitsabstand. Danach schlüpft der Spezialist in einen Overall, der an Astronauten-Anzüge erinnert, und stülpt sich einen Sichtfenster- Helm über. Das Teil erinnert wirklich an die Taucherglocken in verfilmten Jules Verne Romanen.

Die Spannung steigt, als der im Schutzanzug steckende Spezialist mit einem Spezialschlüssel die Plastiktür des Hauptzuleitungs-Kastens öffnet. Und nicht schlecht staunt, dass sich zwischen Erdungskabel, Pluspol-Zufuhrstrang und

Negativleitung ein grauer Oxidationsbollen gebildet hat. Etwas größer als ein Tennisball.
Doch immerhin ist nun die Experten-Diagnose für den verrückt spielenden Hausstrom auch für den Laien leicht nachvollziehbar: allein durch die Luft-Feuchtigkeit, die durch das nahe gelegene Meer je nach Windrichtung jederzeit entstehenden kann, sorgt der Oxidationsbollen für Verwirrung in den Kabeln. Er verbindet alle Pole und den Erdungsstrang willkürlich miteinander. Dieses Chaos in den Grundversorgungskabeln kann dazu führen, dass bis zu fünfhundert Volt in die auf zweihundertdreißig Volt auslegten Hausleitungen fließen. Sozusagen ein Strom-Tsunami ohne jede Vorwarnung.
Auch die Entstehung des Mini-Oxidationsplaneten lässt sich leicht erklären: bei der Jahrzehnte zurück liegenden Ausweisung dieses Baugrundstücks dachte niemand, dass wegen des offiziellen Baustopps weiter oben gelegene Naturgebiete ebenfalls zu Immobilien-Flächen werden könnten. Was aber geschah. Und das nicht zu knapp. Dies konnte damals bei der recht tief gesetzten Installation des Hauptzuleitungs-Kastens für Robert und Annes Haus nicht geahnt werden. Die plötzlichen legalen Neubauten – von Einheimischen wegen ihrer Größe als Monstervillas bezeichnet – verhindern natürlich, dass der Regen im natürlichen Erdreich versickern kann. Sondern sich seinen Weg nun an der leicht abfallenden Seite der Straße bahnt. Manchmal wie ein Sturzbach. So dringt ungewollt Wasser in den für die Stromversorgung notwendigen Verteiler-Kasten. Denn wasserdicht sind die kleinen kommunalen Plastik-Tresore leider nicht. Doch glücklicherweise ist dem regionalen Stromversorger dieses Problem längst bekannt. Und so wurde ein Wasserschutz-Plastikteil entwickelt, das einfach mit einer Gummi-Isolation in den genormten Hauptkasten eingesetzt wird. Der Spezialist hat dieses Teil vorsorglich immer dabei.
In diesem sonntäglichen Notfall erfolgt die Wasser resistente Nachrüstung natürlich erst, nachdem der Oxidationsbollen fachmännisch entsorgt ist. Damit ist dann alles wieder dicht und vor Defekten geschützt. Ganz sicher. Im Inneren drängt sich Robert und Anne natürlich die Frage auf: für wie lange? Doch diese Besorgnis behält man besser für sich. Bei der Kommunikation mit Verantwortlichen für Strom gilt: immer dankbar und höflich bleiben. Ein diskretes Trinkgeld kann

auch nicht schaden. Vielleicht ist irgendwann ja doch noch eine erneute Nachbesserung nötig.
Etwas kurioser kann sich aus demselben Grund – Verteilerkasten von Wasser überflutet – die Behebung des Problems beim Telefonanschluss gestalten. Willi, ein international aktiver Maler, der sich zehn Autominuten von St. Tropez sein Sommerdomizil samt Atelier gegönnt hat, wurde von jetzt auf gleich vom Internet, Fax und telefonischem Kontakt abgeschnitten. Nichts ging mehr. Außer dem französischen und deutschen Handy.
Nach der bereits in diesem Kapitel beschriebenen Prozedur, für die es viel inneres Gleichgewicht es braucht, um über die SOS-Nummer irgendwann einen optimistisch stimmenden Kontakt zu bekommen, konnte der Pinselkünstler aufatmen. Geradezu pünktlich erscheint ein Telefonkontakt-Fachmann an dem versehentlich sehr tief gesetzten Verteilerkasten für drei recht nahe beieinander stehende Villengelände. Die beiden in Rufweite liegenden Nachbarn des Malers sind noch für sechs bis acht Wochen an anderen Paradies-Küsten. Er muss das Problem mit dem Experten alleine lösen. Und staunt nicht schlecht, dass der Kommunikations-Kabel Profi Willis eigene – mit einem Spezialgerät geortete – Telefonleitung aus dem kleinen, vollgelaufenen Bodenbecken des Telekommunikations- Kasten fischt, die beiden Nachbar-Kabel aber weiter im Wasser schwimmen lässt. Willi liegt ein Kommentar auf der Zunge, aber er schluckt ihn hinunter. In der Not ist sich jeder selbst der Nächste. Also besser mit Galgenhumor belächeln, wie die eigene Leitung nun wassergeschützt einen halben Meter nach oben versetzt wird. Professionell mit einem kleinen Schutzkasten drumherum. Der Maler beginnt sich – selbst wenig davon überzeugt – einzureden, dass die Nachbarn vielleicht Unterwasser-Telefongeräte haben.
Ad hoc bezahlt werden muss überraschenderweise nichts. Die Kosten für den Rettungseinsatz werden automatisch bei der Monats-Rechnung mitabgebucht. Kulanter geht´s kaum. Merci denkt Willi; allerdings nur, bis der nächste Kontoauszug in den Briefkasten seiner Villa flattert: ein telefonischer Neuanschluss wäre billiger gewesen als die Versetzung seines Kabels.

Marder-Alarm

Neben den hinlänglich bekannten südfranzösischen, für manch andere Europäer leicht problematischen Eigenheiten, ist leider auch eine ungewollte Begegnung mit dem putzig anzusehenden Kleinraubtier Marder im Var 83 häufiger zu bewältigen, als erwünscht. Ohne dies statistisch belegen zu können, ist davon auszugehen, dass es in jedem Freundeskreis ein oder zwei Opfer von Marderbissen an den Kabel-Leitungen unter der Motorhaube ihres Autos gibt. Warmer Gummi muss eine Gourmet-Spezialität für die Tierchen sein. Doch ohne zu übertreiben: dies ist das kleinere und außerdem grenzüberschreitende Übel dieser Tiergattung.

Die Marder-Eigenheiten in der Provence-Region kosten neben dem Kabel-Kollaps – wegen sehr spezifischer Verhaltensmuster – noch einiges mehr an Nerven: denn bevorzugt beziehen die wuseligen Vierbeiner in den kalten Monaten – nach ihren Vorarbeiten im frühen Herbst – zunächst unbemerkt mit Vorliebe niedrige Dachstöcke. Die für Kisten oder Kartons gedachten Abstell-Ebenen sind manchmal gerademal so hoch, dass man sich im First-Mittelteil maximal gebückt wie in einem alten Ruhrpott-Stollen bewegen kann. Doch die Marder schert das nicht. Klein sein kann eben auch Vorteile haben. Und Wärme steigt generell nach oben; wird das Haus also im Winter beheizt, lässt es sich für die kleinen Fellräuber im niedrigen obersten Dachziegel-Stock angenehmer herum tollen und schlafen, als auf einem hohen Spreicherraum oder gar irgendwo draußen unter freiem Himmel. Vor allem, sollte der niedrige Dachboden mit isolierender Dämmwolle ausgelegt sein. Aus Teilen dieses Stoffes bauen Marder nämlich architektonisch bewundernswerte Röhrengänge und Wolle-Iglus. Bevorzugt meist kurz vor der Kälteperiode, immer nachts und stets recht leise. Als Zugang zu ihrem Winterquartier genügen ihnen die wenigen Lüftungsziegel der Dachkonstruktion.

Die menschlichen Bewohner der Provence-Behausung können von der Okkupation über ihren Köpfen in den warmen Jahreszeiten zunächst nichts ahnen. Zu hören ist am Ende vom Herbst manchmal mitten in der Nacht vereinzelt ein komisches Geräusch, das sich dann aber auch schnell wieder verflüchtigt. Die bissigen Kleinen sind clever: nur nicht zuviel auf einmal bauen, und damit zu schnell auffallen: Morgen ist

schließlich auch noch eine Nacht. Fast schon eine gültige Parole für vieles in der Provence.
Pünktlich zur Kamin-Heizperiode beziehen die Marder, meist als Paar, manchmal bereits mit einem Fellsprößling, ihr selbst gestaltetes Mansarden-Revier. Ab dann ist an Schlaf für die Einwohner des Hauses kaum noch zu denken: von Natur aus nachtaktiv, veranstalten die Knopfaugen-Wusler ein Remmi-Demmi, als wäre unterm Dach die Karnevalszeit von den Rhein-Hochburgen an die südfranzösische Edel-Küste runter geschwappt.
Humor verbreitet das tierische Geräusch-Inferno – ausgelöst vom vierbeinigen Wettrennen von einer Ecke der Dachkonstruktion zu einer anderen – leider nicht. Isolierwolle dämmt Wärme, aber keinesfalls die Flitzeläufe von aufgedrehten Mardern. Spaßige Ringkämpfe im frei tierischen Stil, bei dem praktisch alles erlaubt ist, gehören auch zum Repertoire der kleinen Rabauken; begleitet von martialischen Schreien, wenn´s aus Versehen doch mal richtig weh tut. Galgenhumor-Charaktere werden nun anmerken, dass alles noch schlimmer sein könnte: würden die dreisten, unerwünschten Dach-Untermieter ein Instrument spielen können, wäre jede Nacht Live-Konzert unter den Ziegeln.
Bei dem Temperament der hyperaktiven Eindringlinge schätzungsweise im Heavy Metal Stil; laut, schrill, schnell. Marder wollen spielen, nicht üben.
Nein, weglächeln lässt sich die nächtliche Ruhestörung wirklich nicht: es braucht aktive Selbstverteidigung – aus Notwehr. Spätestens wenn eine Woche lang Schlaf ein Fremdwort geworden ist.
Jetzt gilt es, nachts auf den Dachboden zu kommen, um die vierbeinigen Störenfriede zu vertreiben. Leichter gesagt als getan.

Das unvorhergesehene, von Robert und Anne aus erster Hand miterlebte Abenteuer beginnt. Denn der Einstieg ins obere Abstellgeschoss, dem Marder-Terrain, ist in ihrem Haus nur über eine quadratische, ungefähr Kanaldeckel große Luke möglich, die von einer Holzplatte abgedeckt wird. Im Normalfall schließt diese Platte die Zimmer-Decke im kleinen Toilettenraum unauffällig ab; millimetergenau in einen Rahmen eingepasst, und so perfekt jeden Windzug verhindernd. Um sie in dem stillen Örtchen zu öffnen, braucht es eine passende Leiter, etwas Mut, mindestens ein Glas Wein und das

Geschick, die Decken-Holzplatte – auf schmalen Leiterstufen stehend – von unten nach oben und danach zur Seite zu drücken. Gelingt dies, ist der Weg durch die Luke in das Belle Etage Revier der Marder frei: die Ellbogen auf den Dachboden gestützt, hievt und zwängt Robert seinen Körper fluchend ins Dunkel unter den Ziegeln. Licht gibt es natürlich keins. Wozu auch. Da oben kann ja kein Mensch wohnen. Und Kisten und Kartons lassen sich auch im Halbdunkel nach oben hieven. Weshalb also beim Hausbau in dem steil abfallenden, maximal hüfthohen Dachraum eine Glühlampe installieren? Das erhöht den Elektrik-Kostenrahmen doch nur völlig unnötig. Glücklicherweise brauchen Taschenlampen keinen Strom und können jeden Winkel ausleuchten. Pech, dass Robert an keine gedacht hat. Ohne ausreichende Ruhestunden nimmt die Vergesslichkeit eben zu. Von den unfreiwillig schlaffreien Nächten bereits total übermüdet, bittet er die besorgt dreinschauende Anne, ihm die große Taschenlampe zu bringen. Sie muss irgendwo in der Garage liegen.
Anne findet dort im überbordenden Werkzeugkasten, der geordnet ist wie eine Wundertüte, den mit vier Batterien bestückten Mammutstrahler.
Erleichtert reicht sie ihrem Mann das Teil hoch, damit der nicht noch einmal runter und mit einem Ellbogen-Klimmzug wieder hoch muss. Die Kondition für solche etwas unüblichen Fitness-Aktionen wird in seinem Alter und mit seinem Körpergewicht nicht besser.
Es gibt Augenblicke, die einem den Atem stocken lassen. Der erste grobe Blick von Robert im Lichtkegel der Taschenlampe ins Dachgeschoss gehört in diesem autobiographisch erlittenen Fall zweifelsfrei dazu: die Marder haben aus der einst flachen Ebene der Isolierwolle – Südfranzosen tackern die Dämmung nicht an die Dachbalken, denn auslegen tut´s schließlich auch – ein weit verzweigtes Tunnelröhren-System gebaut. Sauber verzweigt; mit diversen Ausgängen in großflächige Mulden, die an bequeme Nester erinnern: zu erkennen ist eine mit doppeltem Wollmaterial ausgelegte Iglu-Kesselkuhle – wohl als Schlafkoje dienend. Dazu sind zwei oder drei Krümel-Essplätze auszumachen und eine von den anderen Örtlichkeiten weit entfernte, gut zu riechende Toiletten-Station. Der Schock bei diesem Anblick und Geruch muss erst einmal verdaut werden. Das heißt für Robert: also jetzt doch die Leiter wieder rückwärts runter und ab zum Pastis, um mit Anne zu beraten, was nun als Optionen für die

Vertreibung der sich häuslich eingerichteten Dachboden-Feinde in Frage kommt.
Der erste Versuch könnte eventuell ein Stochern in die Innenarchitektur aus Isolierwolle sein. Mit einem Besenstiel beispielsweise. Schlägt dies die Marder über die Luftzufuhr-Ziegel in die Flucht, müssen doch nur noch stabile Drahtgitter- Elemente an den wenigen Lüftungsziegel befestigt werden, damit die Biester den Dachstock nicht zurück erobern können. Und gut ist. Darauf noch einen Pastis.

Wer sich lange genug in Südfrankreich aufhält, verinnerlicht generell diese optimistische Einstellung bei Problemen. Sollte dabei ein erster relativ unkomplizierter Versuch scheitern, gibt es garantiert noch eine nächste, vielleicht aufwendigere, aber vielversprechendere Lösung. Welche, wird man dann ja sehen.
In dem speziellen Fall dieser Non-Fiction, sondern faktischen Begebenheit war Robert und seiner Frau klar, dass der Gitter-Draht erst angebracht werden konnte, wenn sicher war, dass unter dem Dach keine Marder mehr hausen. Sonst wäre das spitze Metall-Bollwerk an den Lüftungsziegel absolut kontraproduktiv: dann kämen die nervenden, ungebetenen Haustiere nämlich überhaupt nicht mehr raus. Unvorstellbar, was dies als Konsequenzen provozieren würde. Nicht nur gereizte Tiger können unberechenbar werden. Und wenn auch nicht alles beim ersten Besichtigen des Dachbodens zu erkennen war, dass diverse recht gut isolierte Kabel für Strom darauf verlegt sind, ist bestens zu sehen gewesen. Sollten die von den bisswütigen Rabauken attackiert werden, dann gute Nacht. Sowohl für die Haus-Stromversorgung als auch die nagenden Übeltäter selbst: wegen ungewolltem Suizid durch Elektroschlag. Denn bei Autokabeln gibt es keine 230 Volt, in Gebäude-Kabelsträngen schon. So gesehen ist jeder Stromausfall eventuell ein lebensrettender Event für die nervenden Nager-Exemplare der Tierwelt. Alles nur eine Frage der Perspektive.

*

Wie fast immer war es weibliche Intuition von Anne, die erkannte, dass der Kampf Marder gegen Mann ohne halbwegs ordentliches Licht nicht zu gewinnen war. Im zwerghohen Dachstock musste eine Glühbirne nachgerüstet werden. So schwer konnte das doch nicht sein. Diese Aufgabe wurde Robert zugeteilt, während sich seine Partnerin, mit dicken Lederhandschuhen geschützt, ans Drahtgitter-Schneiden machte.

Wie bringt man Strom ins Dachgeschoss, zumal wenn der vorhandene Elektro – Status im Verteilerkasten ein etwas wackeliger Kantonist ist, und kaum ein Elektriker daran nochmals Hand anlegt? Mit einer pragmatischen Idee: findet sich an einer inneren Zimmerwand hinter einem Regal oder Schrank eine optisch etwas versteckte Steckdose, ist dies schon die halbe Miete für die Beleuchtung des Dachbodens. Jetzt braucht es nur noch ein schön langes Dreiphasen-Kabel mit einem Norm-Stecker an der einen, samt einer Glühbirnenfassung am anderen Ende. Und eine ordentliche, belastbare Schlagbohrmaschine, die es mit ihrem daumendicken Bohrer durch die Zimmerdecke bis ins Ziegelgeschoss schafft.
Die Bohraktion ist letztlich kein Hexenwerk; nur staubig wie ein kleiner Sahara-Sturm mitten ins Gesicht und die Augen. Ein Stoßgebet und blindes Vertrauen, dass oben kein Kabelstrang getroffen wird, gehört natürlich auch dazu. Doch mit genügend Promille im Blut steigt die Risikobereitschaft. Was sein muss, muss sein; und wenn es ein Loch ist.
Selbst mit seinen zwei linken Händen glaubt Robert es zu schaffen, eine Glühbirnenfassung vom Kabel im hellen Wohnbereich erst ab, und später im Dachraum wieder anzuschrauben. Natürlich bei gutem Taschenlampen-Licht, damit die Pole und die Erdungs-Zuleitungen nicht verwechselt werden.
Ganz wichtig bei einer solchen, für Sie hoffentlich nie notwendigen Aktion:
Bitte auf keinen Fall vergessen, vor dem Durchstochern des Kabels Richtung Dachboden vorher den Schuko-Stecker der improvisierten Stromzuleitung im Wohnraum in die ausgewählte Steckdose zu drücken. Sonst ist oben im Ziegelraum kaum abzuschätzen, wieviel Spiel die selbstgebastelte Zuleitung hat, damit sie mit einem Haken oder stabilen Schnur am Inneren des Dachfirstes angebracht werden kann. Beim Schnitt des Kabels empfiehlt es sich, mindestens einen Meter Reserve zu beherzigen. Selbst als Schwabe besser etwas großzügig kalkulieren, um sich vor Frustration zu schützen. Die Lage ist ernst genug. Da müssen

die Nerven geschont werden. Und ein zu kurz geratenes Kabel ist dafür nicht gerade förderlich.

Nach der Kabel-Präparation steht für Robert nun der nächste Klimmzug in die Dachlandschaft durch die Luke an. Zunächst noch einmal mit Batterie-Lampen Licht; wie sonst wäre die Lampenfassung korrekt an die drei Elektro-Phasenkabel der improvisierten Stromzuleitung risikofrei zu arretieren? Gar nicht. Ein dünner blauer Polstrang ist von einem schwarzen im schummrigen Halbdunkel wirklich kaum zu unterscheiden. Und eine Verwechslung könnte auch körperliche Konsequenzen bedingen. Keine allzu schönen, wie jeder weiß, der schon mal einen Stromschlag gewischt bekommen hat.

Robert gelingt es, die drei Phasenstränge vom Kabel an der Glühbirnenfassung zu befestigen und dreht die 60 Watt Birne mit zittriger Hand vorsichtig rein. Das Gefühl, als es wirklich hell wird, löst auch bei Anne mehr als eine ersehnte Erleichterung aus. Fast einen kleinen „yes we can" Triumph. Der allerdings – wie im realen amerikanischen Leben – recht rasch getrübt wird.

Denn aufgeschreckt durch den künstlichen Glühbirnen-Sonnenaufgang hastet ein Marder, aggressiv piepsig fluchend, durch den nächstgelegenen Lüftungsziegel. So weit so gut. Doch im Licht der Selfmade-Beleuchtung kann Robert in der hintersten und niedrigsten Dachboden-Stelle ein weiteres Marder-Exemplar zu erkennen. Offenbar das Weibchen, mit einer Körperfülle, bei der sich der Verdacht auf eine Schwangerschaft geradezu aufdrängt. Schlimmer geht´s nimmer. Selbst ein abgebrühter unmenschlicher Charakter kann doch unmöglich mit einem Besenstiel oder ähnlichem auf eine werdende Mutter draufstochern.

Eine mit viel Aufwand verbundene, aber humanere Lösung für das Problem ist nun zwingend notwendig. Und zwar rasch. Denn sich auszumalen, dass zwei Marder-Generationen den Dachstock als ihr Zuhause einrichten, grenzt an ein Horror-Szenario.

Jetzt ist konspiratives Talent angesagt: eine Marderfalle muss – möglichst inkognito – besorgt werden, denn die Gummi-Liebhaber Gesellen stehen unter Naturschutz. Sämtliche Rambo-Lösungen sind somit auch für den Widder Robert tabu, und tödliche Brutalität, selbst aus Notwehr, würde Anne sowieso nur das Herz brechen – bei den Teddybär-Augen der Marder. Und über weibliche Sentimentalität lässt sich nicht diskutieren, sonst winkt die Scheidung.

Offiziell sind Marderfallen zwar in Fachgeschäften zu erwerben, aber der Verkäufer muss die Adresse seines Kunden – an welche offizielle Stelle auch immer – melden. Dies ist dringlichst zu vermeiden. Denn die Konsequenz heißt: früher oder später inspiziert ein hochgerüsteter Kammerjäger von der Commune das Zuhause des Fallen-Käufers. Und sollte er noch aktuelle Spuren der kleinen Raubtier-Nager finden, geht´s richtig zur Sache mit einer speziellen chemischen Keule. Deren Gemisch die Marder nicht tötet, sondern nur über die Lüftungs-Dachziegel vertreibt. Dazu muss allerdings das gesamte Wohngebäude hermetisch, praktisch zum Quarantäne-Raum, abgedichtet werden. Mit Spezialklebeband an Fenstern und Türen. Betreten kann man das Haus dann natürlich für unbestimmte Zeit nicht. Bis der Kammerjäger grünes Licht für einen Rück-Einzug gibt, sobald er sicher ist, dass seine unangenehme Duftsprühung der nachtaktiven Spezies den Aufenthalt in dem Gebäude auf Dauer vermiest hat. Es gibt Dinge, die nicht unbedingt sein müssen. Diese chemische Gas-Option gehört zweifelsfrei dazu. Darin sind sich Robert und Anne einig.
Es gilt also, eine gebrauchte Marderfalle aufzutreiben, um sie auszuleihen. Möglichst von einem verschwiegenen Freund oder Bekannten, der auch noch Ahnung hat, welcher Köder die besten Erfolgsaussichten für einen Fang garantiert.

Der Kneipen-Kontakt von Robert zu einem französischen Jäger erweist sich nun als sehr hilfreich. Der hat eine alte, aber funktionstüchtige Marderfalle und kennt sich mit Ködern aus. Es gibt seiner Erfahrung nach drei Möglichkeiten, die bissfreudigen Störenfriede in das koffergroße, mobile Holzgefängnis zu locken: ein rohes Ei, einen leicht angefaulten Apfel oder Gammelfleisch, das in jedem Supermarkt an der Fleischtheke – als Tierfutter gekennzeichnet – zu bekommen ist.
Sollte ein Marder mit dem passenden Köder in die Falle gegangen sein, steht samt dem unverletzt eingefangenen Kabelnager ein Ausflug ins provencalische Hinterland an. Rund fünfzig Kilometer weit. Denn nach der Erfahrung des Jägers verfügen Marder über ein natürliches Navi-System, das sie problemlos in einem Radius von kleineren Distanzen wieder zurück in ihr Zuhause lotst. Auf dieses Comeback sollte tunlichst verzichtet werden.

Mit dem Wissen, dass die Falle zeitversetzt einmal bei dem Männchen, zum zweiten bei dem trächtigen Weibchen zuschnappen muss, um das
Nachwuchs erwartende Marder-Paar zurück in die Natur umzusiedeln, wird die sperrige Gefängnis-Kiste von Robert fluchend ins Dachgeschoss gehievt. Und um sich Frust zu ersparen, hat er sie mit allen drei Köder-Optionen bestückt: Ei, Apfel, Gammelfleisch. Ein Lock-Menu de luxe. Allerdings nichts für empfindliche Nasen.
Deshalb ist es für Annes Mann ratsam, so schnell als möglich die Leiter im Toilettenraum wieder runter zu klettern und die Dachluke hermetisch zu verschließen. Denn das spezielle Tierfutter-Fleisch hat – charmant ausgedrückt – einen recht ranzigen Geruch. Der sich durch nichts übertünchen lässt – nicht einmal mit der Anis-Würze des Pastis.
Nun heißt es abwarten, hoffen und beten, dass möglichst rasch oben im Ziegelraum richtig Rambazamba zu hören ist, weil ein Marder dem Fallen- Menu nicht widerstehen konnte. Und unüberhörbar alles versuchen wird, dem gebrauchten Holzgefängnis – das hoffentlich hält – zu entkommen.
Doch alles bleibt über eine halbe Woche bei der üblichen, jede Nachtruhe störenden Phonstärke wegen des Formel-1-Gewusels und Wrestlings der unerwünschten Dachuntermieter. Keinerlei panische Befreiungsversuche sind zu hören. Nur Belästigung as usual.
Um nach einigen umsonst bang hoffenden Nächten sicher zu sein, dass die nicht müde werdenden Wusler die Fallenkost tatsächlich ignoriert haben, bleibt nur eins: wieder Leiter rein in den WC-Raum, die Stufen hoch, Luke beiseite drücken, sich in den Dachstock hieven und nachschauen. Unter erschwerten Bedingungen. Denn vor allem das Gammelfleisch in der – wie befürchtet –leeren Falle hat extreme Mülldeponie-Duftpower entwickelt. Es kostet Robert einige Überwindung, dem aufsteigenden Würgreiz nicht nachzugeben, sondern sich die Niederlage mit dem hölzernen Fallengestell einzugestehen. Marder sind bissig, aber leider nicht blöd. Also wieder raus mit dem sperrigen Ding.
Eine Aktion, die viel Gleichgewichts-Sinn und etwas Courage erfordert: die Falle muss irgendwie runter gezogen werden. Halt geben Annes Mann dabei nur die schlanken Leiterstufen und ihre Hände an seinem Rücken. Leicht wie ein leerer Koffer ist das mobile Marder-Gefängnis leider auch nicht; eher schwer wie eine voll bepackte Reisetasche. Mit einer Mischung

aus Wut und Wille gelingt das Unterfangen. Aber eine umsonst aufgestellte Falle bleibt, egal wie sehr man sich einredet, alles Menschenmögliche versucht zu haben, psychisch eine derbe Niederlage. Selbst bei Anne macht sich eine gewisse fatale Verzweiflung breit.
Guter Rat ist nun teuer. Die zunächst verworfene, kostenintensive Lösung mit dem Kammerjäger rückt jetzt wieder ungewollt in den Focus. Welche andere Lösung bleibt denn sonst? Ultraschall-Geräte, wie sie unter Motorhauben bei Marder-Attacken an den Kabeln für Ruhe sorgen, sind für das Volumen eines Dachgeschosses zu schwach in der Reichweite ihrer Frequenz- Qualität. Allerdings, was es in klein gibt, muss es doch eigentlich auch in groß geben. Glücklicherweise hat die Industrie dies ebenfalls erkannt, und bietet über das Internet wahre Ultraschall-Kanonen an. Die natürlich nicht mit 12 Volt Batterie-Strom auskommen, sondern schon Elektrosaft wie ein hochwertiger Staubsauger brauchen. Also als letzter Versuch vor der Chemie-Keule ab ins Internet, ein mittelpreisiges Gerät rein in den virtuellen Warenkorb, und per Eilsendung bestellen. Damit es funktioniert, sind allerdings mindestens 220 Volt notwendig. Was nicht weiter schockt.
Beim Dachkabel-Verlegen haben Robert und Anne ja schon Erfahrung, und einen Dreierstecker an die optisch praktisch unsichtbare Steckdose im Wohnzimmer anzuschließen, schafft jeder. Mit einem zweiten Schuko-Stecker, ausreichend langem Kabel und dem nächsten Zimmerdecken-Loch in den Dachboden wird der Anschluss für das – jedes menschliche Ohr verschonende – Ultraschall-Gerät zur Fingerübung. Außerdem ist kein Web-Anbieter verpflichtet, den Käufer an eine offizielle Stelle zu melden. So bleibt einem der Kammerjäger mit der Chemiekeule erst einmal erspart. Sollten die garantierten Versprechen in der Beschreibung des Akustik-Wellen Wunderteils zutreffen, kann diese übelste Option sogar ganz gestrichen werden. Angeblich schmerzt die austretende Frequenz die Öhrchen der Marder so sehr, dass sie die Flucht davor ergreifen. Nun gut, Webseiten sind so geduldig wie Papier. Und manchmal die Gebühren dafür nicht wert.

Robert und Anne gelingt die Installation des Schuhkarton großen Ultraschall-Profigeräts im Dachgeschoß, und seine Wirkung grenzt an ein Wunder. Nach nur zwei Nächten ist

endlich Ruhe im obersten Stock. Noch trauen beide dem Geräusch- Frieden nicht ganz. Vielleicht versuchen die Rabauken ja doch noch ein Revival. Vorsicht bleibt geboten, ehe die Drahtgitter-Barrieren auf dem Dach montiert werden.
Erst als die durch die Lärmhölle gegangenen Robert und Anne an einem sonnigen Mittag zufällig beobachten können, wie das Marderpaar über die Dachziegel des Nachbarn auf der gegenüberliegenden Seite der Straße huscht, und darunter verschwindet, kann mit Champagner angestoßen werden. Geschafft. Es kann wieder ungestört geschlafen werden; allein, zu zweit oder miteinander.
Das eigentlich auf Feuer bezogene Sankt Florian Credo hat im übertragenen Sinne funktioniert: muss ja nicht unbedingt der eigene Dachstock sein, der zum Marderdomizil wird. Ein anderer tut´s doch auch.
Zum guten Schluss sollte noch zu einer biologisch politisch korrekten Vertreibungs-Methode der putzigen, aber nervenden Kleintier-Räuber die Wahrheit zu Protokoll gegeben werden: eine Gartenbaufirma in Süddeutschland vertreibt, auch ins Ausland, Marder-Abwehrpflanzen mit dem geschützten Marken-Namen „ Piss Off". So steht´s auch auf dem mitgelieferten Gattungsnamen-Bodensticker. Die Abwehr-Gewächse sollen in einem Abstand von rund zwei Meter gesetzt werden. Das Ergebnis: die Englisch-Kenntnisse der provencalischen Marder sind leider etwas mangelhaft. Sie verwechseln schon mal „off" mit „on" und pissen drauf. Kein Scherz, sondern eine kostenintensive, bittere Erfahrung von Robert und Annette.

Feuer und Flammen

So richtig heiß wird es jedem Küstenbewohner oder Tourist im Provence-Gebiet bei dem Gedanken an die – im Prinzip segensreiche – Erfindung des Feuers. Grund dafür ist die dicht bewaldete Natur bereits unweit des Meeres. Denn Bäume und Büsche können bei monatelanger Trockenheit schneller brennen, als sich ein Streichholz anzünden lässt. Vor allem, wenn unfreiwillig und ungewollt gedankenlos, aber eben letztlich fahrlässig nachgeholfen wird.
Beispielsweise von hirnlosen Touris oder ortsunkundigen Nord-Franzosen, die bei Wanderungen durch die von Häusern und Straßen unberührte Natur ihre Zigarettenstummel in das knochentrockene, oft schon braune Grün werfen. Bei Ausflugs-Fahrten wahlweise auch aus dem geöffneten Autofenster. Hallo – diese Glimmstengel-Stummel sind Brandbeschleuniger!

Auf fahrlässig kriminelle Art geht es natürlich noch schneller, dass sich paradiesische Landschaften in rußige Apokalypse-Landschaften verwandeln.
Vor einigen Jahren ermittelte eine Sonderkommission der südfranzösischen Kripo, weshalb es zu dem Feuer-Inferno im Var-Gebiet 83 kam: zwei zurecht immer noch einsitzende bescheuerte Brandstifter hatten – aus Langeweile wie sie aussagten – in Tennisbälle mittels Spritzen Benzin eingefüllt, und die Einstichlöcher mit langen Zündschnüren abgedichtet. Danach zündeten sie die Enden der Lunten an, und warfen einige potentielle Fire-Balls in die Korkeichen-Wälder. Die fatale Konsequenz von den handmade gebastelten Feuer-Granaten waren brachiale Brandflammen – kilometerweit zu sehen. Wie das flammende Fauchen eines Drachen, der mutwillig aus seinem Schlaf nahe des Fegefeuers gerissen wird. Diese poetisch etwas gewagte Metapher muss erlaubt sein, da die Präfektur vom Gebiet 83 ihren Sitz ausgerechnet in Draguignon – übersetzt „Drachenstadt" – hat.
Die heutigen Feuerdrachen-Töter sind die Pompiers, die Feuerwehrhelden. Sie setzen wie weiland Siegfried ihr Leben auf's Spiel, um zu retten, was zu retten ist. Doch manchmal sind sie beim restlosen Ersticken der Brandherde machtlos und dürfen zurecht eine geglückte Flammen-Eindämmung – ohne menschliche Opfer – als Sieg feiern. Manchmal mit bitterem Beigeschmack: die verkohlten Restbestände der Bäume rochen nach dem letzten leider lebensgefährlichen

Einsatz der französischen Floriansjünger bei dem bislang größten Jahrhundertbrand noch wochenlang nach Schornstein und leicht glimmender Ascheschlacke. Es gleicht einem Wunder, dass auf diesem Friedhof der Bäume heute wieder fast alles grün sprießt und bunt blüht. Die Provence-Natur ist eben ein Überlebenskünstler und von Menschen auf Dauer nicht kaputt zu kriegen. Hoffentlich.

Zeitzeugen dieser Feuersbrunst-Katastrophe, wie der Willi aus Bayern, berichten von emotionalen Eindrücken, wie sie sonst nur im Kino oder Fernsehen bei Desaster-Blockbustern –fiktiv arrangiert – zu sehen sind: Die bewaldeten Hügelkämme unweit von Willis Ferien-Villa standen binnen Minuten in Flammen. Der Fluchtweg über die Straße war versperrt von brennenden, durch das Feuer gefällten Baumstämmen; abgeknickt wie hölzerne Strohhalme.
Die Besatzung einer waghalsig mutigen Feuerwehr-Einheit gab über ihr Löschfahrzeug-Megaphon in mehreren Sprachen die Anordnung bekannt, dass sich alle Bewohner des Inferno-Gebiets sofort zu Fuß Richtung Meeresküste durchschlagen sollten. Das hieß: Per pedes durch die Pampa; irgendwie, aber rasch, und nur mit dem Nötigsten im Gepäck. Also Pass, Papiere, Urkunden, Versicherungspolicen, Geld, Kreditkarten und Schmuck. Es ging um Leben und Tod, da mussten die Designer-Klamotten im Schrank und die edlen Karossen in der Garage oder im Carport bleiben. Unglücklicherweise gab es in Willis Wohngebiet keinen Wanderweg, der zum rettenden Meer führte. So mussten sich alle, die evakuiert werden sollten, über Stock und Stein durch teilweise unwirtliches und dorniges Gestrüpp kämpfen.
Soweit über Insider-Wissen in Erfahrung gebracht und nie offiziell bestätigt, ignorierte nur ein ausgewanderter Bewohner aus einem Beneluxland, den wir einfach mal Terry nennen, die imperativen Anweisungen der Rettungskräfte. Er, ein international agierender, windiger Finanzjongleur, harrte im – selbst Schweizer Vorschriften übertreffenden – Keller-Bunker seiner Luxusvilla aus. Mit einem Laptop, auf dem sensible Daten gespeichert waren, die kein Finanzamt der Welt zu interessieren hatten. Terrys bequem ausgestattetem Untergrund-Apartment konnte kein Feuer der Welt etwas anhaben. Selbst wenn seine darüber liegende Nobel-Residenz bis auf die Grundmauern abbrennen sollte, die Bunker-Konstruktion galt als absolut Hitze resistent.

Eigentlich gebührt Terry eine Auszeichnung für seine Vorreiter-Rolle, was privaten Flammenschutz in der Provence angeht. Wenn man zusätzlich noch bedenkt, dass Frankreich eine kleine Armada von älteren Atomkraftwerken betreibt, drängt sich eine Lösung für die Staats-Finanzkrise doch geradezu auf: per Dekret muss jeder Neu- oder Umbau einer Behausung einen Bunker integrieren. Sonst wird eine Strafsteuer-Abgabe fällig. Aus Sicht des Finanzministers bestimmt nicht ganz verkehrt – für den Fremdenverkehr und internationale Immobilien-Investoren wohl eher kontraproduktiv. Wer in einem Pulverfass-Land baut oder lebt, muss nicht auch noch per Steuererklärung daran erinnert werden. Zurück zu den geflohenen Betroffenen der Flammen-Hölle.
Unten am Strand warteten einige vom Katastrophenstab improvisiert organisierte Außenbord-Schlauchboote, eine logistische Meisterleistung. Die Flüchtenden – unter ihnen auch Willi und seine Frau – sollten über das Meer in Richtung St. Tropez in Sicherheit gebracht werden.
Bis heute genießt Willi bei vielen ihm unbekannten Fluchtgefährten höchsten Respekt. Denn er bestand darauf, dass ein Rollstuhlfahrer, der es mit Hilfe gütiger Götter und seiner Betreuerin auch bis an den felsigen Strand der Meeresküste geschafft hatte, vor ihm in das rettende Schlauchboot gehievt wurde. Erst danach betraten er und seine Frau das schwimmende Evakuierungs Neopren-Gummiboot. Mit den par PS des Bootmotors ging es raus aus dem realen Alptraum.

Der beißende Rauch des Großbrandes hatte sich wie ein tödlicher, dämonenhafter Nebel über die Wellen gesenkt. Verglichen damit, ist John Carpenters Film „The Fog" wirklich eher ein Familien-Movie als ein Horror-Film: nur noch schemenhaft war die Küsten-Region zu erkennen. Fatalerweise vor allem dann, wenn ein mit Gas-Tank ausgestattetes Haus explodierte und einen berstenden Feuerball mit brennenden Dachteilen gen Himmel schickte.
Je näher St. Tropez rückte, desto klarer wurde die Luft. Es schien Willi und den anderen Boot-Insassen wie die Ankunft in einer anderen Welt, als sie den Holz-Pier – innerlich immer noch geschockt – in jedweder Hinsicht recht wackelig ansteuerten. Was sie durch ihre schmerzenden Augen sahen, war kaum zu glauben: in der nach dem heiligen Offizier benannten Mekka der Multi-Millionäre ging das Luxusflair-

Leben seinen gewohnten Gang. Auch am alten Hafen, wo die Rettungsboote anlegten und ihre Fluchtpassagiere ausluden.
Die Szenerie hatte wirklich bizarre Züge. Sämtliche Cafes und Restaurants mit Blick auf das Luftlinie etwa zwanzig Kilometer entfernte Waldbrand-Inferno waren überfüllt. Bei einem Champagner, Milchkaffee, Wein, Espresso oder Pastis sahen sich die anwesenden Tropezienes das Feuer-Spektakel als willkommene Abwechslung sensationsgeil an. Endlich mal was Anderes, richtig Aufregendes. Nicht immer dieser mit der Zeit trotz aller legalen und illegalen Drogen langweilig werdende Luxus.
Es fanden sich wenige freiwillige Helfer, die den mit heiler Haut entkommenen Bootsflüchtlingen Unterstützung anboten. Die Geretteten blieben größtenteils auf sich allein gestellt. Die Betreuerin des Rollstuhlfahrers, der endlich wieder asphaltierten Boden unter seinen Rädern hatte, bat Willi, sie jetzt bitte nicht im Stich zu lassen. Sie musste Kontakt zu einer Institution bekommen, die für die Aufnahme von Handicap-Menschen ausgerüstet war. Doch an ihr Handy hatte die Betreuerin bei der ganzen Konfusion der Flucht nicht gedacht. Außerdem war ihr keine Klinik oder deren Telefon-Nummer bekannt, die für solche Notfälle gerüstet sein könnte. Willi, ein international mit Preisen bedachter Maler, dessen unkorrumpierter Charakter sich in seinen Bildern und seinem Handeln spiegelt, hatte im Grunde keine Wahl. Er wurde unfreiwillig, aber notgedrungen zum Samariter. Und band sich das Schicksal des Rolli-Fahrers neben seinen eigenen Problemen mit der vertrackten Ausnahme-Situation auch noch an die Backe.
Dabei war er selbst auch ohne Handy über das Meer in der letztlich rettenden Hafenstadt St. Tropez angekommen. Wer denkt schon an sein Portable, wenn es praktisch um`s nackte Überleben geht, weil es lebensgefährlich brennt.
Nach kurzer Überlegung und auch aus fast fataler Verzweiflung wagte Willi das eigentlich Unmögliche. Er wandte sich an den Türsteher des nächstgelegenen Edel-Restaurants, und bat diesen, ein Rollstuhl gerechtes Großraum-Taxi zu bestellen. Es handele sich um einen veritablen Notfall. Und das Wunder geschah. Der großherzige Gourmet-Tempel Gorilla zückte ohne Zögern sein Smartphone, und orderte das gewünschte Fahrzeug. Über welche App er die rettende Nummer herausbekam, bleibt sein Geheimnis. Doch damit nicht genug: er notierte der Betreuerin des angeschlagenen

Rollstuhl-Patienten die Adresse einer Klinik, die auf Handicap-Notfälle dieser Art vorbereitet war. Den Zettel solle sie dem Fahrer geben – der wüsste dann schon. Tja, große und kleine Katastrophen können Fremde, wenn sie nicht nur eine goldene Uhr sondern auch ein goldenes Herz haben, für Minuten zu wahren Freunden machen.
Von denen hatten Willi und seine Frau glücklicherweise eine handvoll ganz in der Nähe von St. Tropez. Nach zwei Anrufen von einem Cafe-Telefon war ihre Abholung und Unterbringung gesichert.
Ungewiss blieb zwei Tage lang das Schicksal ihrer Villa und ihres zurück gelassenen Wagens. Denn erst nach 48 Stunden wurde die Straße für Anwohner in diesem Gebiet wieder frei gegeben.

Das Bangen der beiden um ihr traumhaft und doch protzfrei gestaltetes Anwesen fand ein verdientes Finale: viel Dusel bei der Windrichtung und der Swimming-Pool der Villa hatten Willis Ferienzuhause gerettet. Die erfahrenen Haudegen-Piloten der Rettungs-Helikopter konnten mit einem Art Riesen-Elefantenrüssel das Wasser aus dem Pool pumpen und über dem Dach des Hauses ausströmen lassen. Die dabei entstandenen kleinen Feuchtschäden nahmen Willi und seine Frau gerne in Kauf. Denn im Gegensatz zu manchen anderen stand ihre Villa noch. In etwas geschwärzter Umgebung, aber ohne gröbere Schäden.

Was haben die Einheimischen und die Touristen aus diesem Flammen-Supergau gelernt? Nichts, zumindest nicht viel. Gröbere Katastrophen sind zwar bislang ausgeblieben, doch die Gefahr im Umgang mit Feuer oder potentiell kleinen Flammenteufeln steckt im Detail. Und in der schlampig bequemen Nachlässigkeit mancher Südfranzosen, die Egalité in seiner Ursprungsbedeutung aus der französischen Revolution statt mit „Gleichheit für alle" im Alltag lieber mit „ist mir doch egal" übersetzen.
Diese Erfahrung musste ein deutsches Ehepaar, das seit Jahren preußisch korrekt den Höchststeuersatz berappt, auf Kosten ihrer standesgemäßen Nobelkarosse, einem Maybach – der gescheiterten deutschen Antwort auf den Rolls Royce – machen.
Der recht weitläufige Park ihres Sommervilla-Wohnsitzes an der Cote d´Azur mit traumhaftem Top-Ten Meerblick und 1A-

Lage wurde laut Vertrag von einem Gartenpflege-Unternehmen während der meist zehnmonatigen Abwesenheit der beiden in einem de luxe Zustand gehalten. Also gemäht, gestutzt, geschnitten, bewässert, eben rundum gepflegt. Zumindest en Theorie. Für den Preis dieses Jahres-Services können Sie sich nach drei Jahren einen Mittelklasse-Wagen leisten. Wobei die reale Gegenleistung des Unternehmens eher einer gebrauchten Vespa entspricht. Die etwa einen Kilometer lange Plastikrohr-Bewässerungsanlage läuft einfach immer auf Hochtouren durch – egal ob es geregnet hat oder nicht. Und die eigentliche Landschaftsgärtnerei wird maximal drei Tage vor Ankunft des Millionär-Besitzer Ehepaares in Angriff genommen. Mit hellseherischen Fähigkeiten hat das nichts zu tun. Eher mit einem Filou-Trick: die Eigentümer geben – wie vertraglich vereinbart – telefonisch 72 Stunden vor ihrer Anreise dem Chef der Gartenpflege-Firma Bescheid, damit er sich – laut einem Zusatz-Kontrakt – um Belüftung, Heißwasser und gegebenenfalls für eine abendliche Heizungsversorgung in Form von Kaminholz kümmert. Zusätzlich zur Aktivierung der Elektro- und Fußbodenheizung versteht sich. Und der Swimming-Pool sollte bei ihrer Ankunft auch mindestens Wellness-Temperatur bieten – wozu sonst ist er beheizbar. Im Süden will man es schließlich warm haben – unabhängig vom Wetter.
Nach diesem Anruf geht es auf dem Grundstück rund: die Motorsägen und benzinbetriebenen Heckenscheren laufen heiß wie die Laubbläser und die Monster-Unkrautmäher mit ihren gezackten Metallscheiben. Mindestens zwei Lastwagen sind von früh bis spät im Einsatz, um das grobe Schnittgut auf die Grün-Abfalldeponie zu transportieren. Zeit zur Entsorgung für den Kleinmist an Blattabfall bleibt kaum. Einmal mit dem Kärcher drüber und gut ist. Der Rest wird wie mutierte Maulwurfshaufen als kleine Hügel an den Seiten der Palmen-Stämme zusammen gekehrt. Mehr schlecht als recht. Getreu der Devise: beim nächsten Mistralsturm verteilt sich das knochentrockene Laub sowieso in das Unterholz der im Eiltempo gestutzten Hecken, die das Grundstück begrenzen. Sollte der kostenlos reinigende Mistralsturm allerdings bis nach der Ankunft der Eigentümer auf sich warten lassen, kann die Windstille unter Umständen ungeahnte Folgen haben.
Wie bei dem – milde ausgedrückt – betuchten Ehepaar, das seine Nobelkarosse wie üblich zwischen der letzten Palme und

dem Haupteingang der sündhaft teuer gestalteten Villa parkte. Gleich am Abend nach der Anreise wird – wie all die Jahre selbstverständlich – das Illuminations-System für die Park- und Gartenanlage angeschaltet: sowohl sämtliche in das terrassierte Gelände eingelassene Bodenstrahler, deren gebündeltes Licht wie Fontänen bis hoch in die Blattwerk-Kronen der Palmen flutet; als auch die durchweg der Jugendstil-Art nachempfundenen Lampen, deren sanftes Leuchten sich auf den sandgestrahlten Naturstein-Wegen des Privat-Anwesens royalistisch spiegelt. Per Zeitschaltuhr gesteuert, erlöscht die überdimensionierte Licht-Orgie erst spät nach Mitternacht. Es soll ja jeder – auch von weitem – mitbekommen, dass man wieder mal da ist.
Bei soviel leuchtendem Watt konnte man es locker sehen, dass bei der diesjährigen Ankunft ausgerechnet die Palme, in deren Nähe der Luxuswagen über einem unauffällig kleinen Blattabfall-Häufchen stand, nur von der Rückseite her mit Kunstlicht erhellt wurde; und von vorne eigentlich gar nicht. Alle anderen Fächerpalmen der kleinen Privat-Allee hatten Stereo-Bestrahlung von beiden Seiten. Also musste dieser eine Lichtfluter am Eingangs-Portal wohl ausgefallen sein. Was auch nicht zum Problem geworden wäre: einfach Lampe komplett austauschen lassen und fertig. Die Katastrophe entstand aus höherer Gewalt, da es – konträr zur Meteo-Voraussage – windstill, und der Lichtfluter gar nicht defekt war. Sondern unter dem trockenen, leicht abgeflachten Blatt-Maulwurfshügel voll funktionsfähig, aber unsichtbar, luxintensives Licht abgab; und dabei ordentlich Wärme produzierte. Die Verstrickung der unglücklichen Umstände nahm ihren Lauf: der mindestens fünfhundert Watt starke Bodenstrahler entwickelte derart viel Hitze, dass die darauf zusammen gekehrten Blätter nach geraumer Zeit zu kokeln begannen und schließlich aufflammten. Wie ein putziges Lagerfeuer von Zwergen. Mit etwas mehr Göttergüte hätte der bescheiden flache Blattvulkan einfach schnell verbrennen können; zu Asche werden, und fertig. Aber non. Durch den mehr oder minder üblichen Abstellplatz des Wagens – ein paar Zentimeter hin oder her – befand sich die Benzinleitung fatalerweise direkt unter dem Flammenherd. Den Rest können Sie sich fast denken: das Ehepaar schlief bereits und Belmondo war – obwohl bereits Rentner – für einen Film wieder mal auf der Flucht. Frankreichs charmanter Super-Monsieur konnte also nicht eingreifen, bevor der Tank

explodierte. Und nur er, der Luxus-Gefährte liebt, hätte es gewagt, den von Flammen-Wellen attackierten Wagen irgendwie vor dem Supergau zu bewahren. Doch er musste bei den Dreharbeiten sein eigenes Leben retten. Damit war das Schicksal des Maybach besiegelt: das Luxus-Gefährt verwandelte sich zum verkohlten Totalschaden. Übrig blieb nur moderne Kunst der besonderen Art: ein surreales Metallgerippe. Und das wegen einer Lampe und schlampig liegen gelassenem Laub.
Bei der per Landesgesetz vorgeschriebenen Kehrwoche im Schwabenland wäre dies nie passiert. Putz-Phobie hat eben auch Vorteile. Allerdings selten.

Der Park und die Villa des Anwesens bekamen glücklicherweise nicht allzuviel ab von dem Brand. Die Feuerwehr-Rettungswagen hatten zur längst überschrittenen Mitternachts-Stunde freie Fahrt und rückten, jedes Geschwindigkeits-Schild ignorierend, mit einer beräderten Kavallerie an. Die rotierenden Blaulichter und Luftalarm-Sirenen verkürzten vielen Anrainern den geruhsamen Schlaf. Doch wenn´s der Verhinderung eines Großbrandes dient, bitte, dann bequemt man sich halt mal aus dem Bett, zeigt innerlich Verständnis, bedient sich am Pastis, trinkt auf Sankt Florian, und schläft danach weiter.
In bis heute Rekord verdächtiger Zeit rasten die Löschfahrzeuge vom Gerätehaus-Standort zum Brand-Tatort. Jeder Griff saß: Schaum-Wasser marsch – und die Palmen und exotischen Pflanzen in der Nähe des Explosionsherds waren wie die Villa größtenteils ohne bleibende Schäden gerettet. Und sahen aus, wie von einem Schneesturm bedeckt. Doch sie überlebten.
Dafür gab es am nächsten Tag eine fürstliche Spende des Grundstücksbesitzers für die Kaffeekasse der furchtlosen Helfer. Der Koffein-Konsum im Feuerwehrhaus war damit auf Jahre – gebrüht in einer neuen XXL-Espresso Maschine – gesichert. Lumpen ließ sich der ehemalige Maybach-Besitzer nicht. Er wird genug Reibach in seinem Job gemacht haben.

Haken wir das Lampe und Laub Drama für den Maybach ab in die Kategorie: shit happens. Viel häufiger, und voraus zu sehen, sind die unzähligen, aus Bequemlichkeit produzierten privaten Feueraktionen im dichter und dichter besiedelten, küstennahen Gebiet.

Natürlich gilt seit Jahrzehnten offiziell ein Baustopp. Doch seltsamerweise mutieren Naturflächen Monat um Monat immer mehr zu Baugebieten. Abgesegnet durch das Grundstücksamt. Beim südfranzösischen Pokerspiel neue Villen gegen alte Bäume verlieren immer der Wald und die Natur; wegen den entsprechend dicken Briefumschlägen an die Genehmigungs-Verantwortlichen.
Zum totalen Kahlschlag kommt es dabei glücklicherweise meistens nicht. Schließlich hebt gepflegtes Grün und standesgemäßer Baumbestand das Image des Neubau-Domizils. Beides muss natürlich in optisch ordentlichem Zustand gehalten werden. Fatalerweise steigt dadurch die Verbrennungs-Quote von eigenhändig abgesägtem Baumschnitt aller Art. Der Abtransport des Grünabfalls aus Ästen, Zweigen und eliminiertem Unkraut kostet zwar außer Zeit praktisch gar nichts, außer ein wenig Schweiß und Sprit. Denn die öffentliche Deponie für zu entsorgende Vegetations-Reste ist für Privatpersonen umsonst. Wenn man es massemäßig nicht übertreibt. Leider scheint sich das noch nicht mehrheitlich verinnerlicht zu haben. Wahrscheinlich deshalb, weil ein scharfer Blick auf die Nachbar-Grundstücke alteingesessener Franzosen genügt, um zwischen gesetzlicher Theorie und Alltags-Praxis unterscheiden zu können. Bei provencalischen Terrain-Besitzern lässt sich überall eine Art nicht gerade bescheidene rituelle Feuerasche-Stelle entdecken. Umringt von eher provisorisch als professionell aneinander gelegten Steinen. Traditionsgemäß äschern die Hobby-Gärtner der Grande Nation ihr Schnittgut nämlich auf eigenem Grund und Boden ein. Die EU weit geltende Vorgabe, wonach ein solches Feuer unter den Strafparagraphen der unzulässigen Abfall-Verbrennung fällt, wird mit Billigung der kommunalen Behörden individuell außer Kraft gesetzt. Wenn es um solche kleinkarierte Petitessen geht, kann Brüssel beschließen was es will. Sein Feuer privé lässt sich der Franzose nicht verbieten. Schließlich hält er sich dabei an seine eigenen Regeln: gebrannt wird nur, wenn es am Tag zuvor geregnet hat, oder bald regnen wird. Und dazu noch keine steife Brise von Mistralsturm prognostiziert ist. Mehr sensible Vorsicht kann wirklich nicht verlangt werden. Schon gar nicht von den Bürokraten in der europäischen Hauptstadt. Die sorgen doch ständig selbst für Flächenbrände – nicht im Garten aber bei den Finanzen.

Kleine Opfer müssen bei diesen rauchigen Brandaktionen auf dem eigenen Grundstück natürlich in Kauf genommen werden. Weniger von dem autonomen Selbstentsorger-Zündler, sondern eher von seiner gesamten Nachbarschaft. Denn Feuer macht manchmal was es will: der Brandherd flammt aus Versehen höher auf, als gewollt; und schickt so unzählige schwarz glimmende Flocken-Wolken gen Himmel, die vom sanften Wind weiter und weiter getragen werden. Angrenzende Grundstücke bekommen die erste Welle dieser fliegenden Asche unweigerlich ab. Mit fatalen Folgen – sowohl für die zum Trocknen aufgehängte Wäsche als auch für den Autolack der Nachbar- Fahrzeuge. Vor allem Cabrio-Verdecke werden nicht verschont. Von der – wegen des Qualms – rapide abnehmenden Meeresluft-Qualität einmal ganz abgesehen, richten die aufgeheizten Aschefitzel nämlich einige bleibende Schäden an: mit etwas Pech braucht ein Teil der morgens aufgehängten, und gegen Mittag unfreiwillig geräucherten Wäsche nicht noch einmal gewaschen, sondern kann gleich in den Abfall entsorgt werden; wegen der kleinen bräunlichen Brandlöcher, die an herunter gefallene Zigaretten-Glut erinnern. Aber vielleicht sollte die mit Klammern befestigte Garderobe ja eh mal wieder erneuert werden. Und so hat jedes kleine Unglück auch sein Gutes.
Diese optimistische Sichtweise konnten Robert und Anne, deren Nervenkostüm bereits bei dem Le Muy- und dem Marder-Abenteuer strapaziert wurde, nicht teilen. Denn sowohl ihr großräumige Kombi als auch ihr Oldie-Cabrio – beide in der Ferienhaus-Auffahrt unweit der Ascheflocken spuckenden Feuerstelle des französischen Nachbarn geparkt – bekamen schwarz-heiße Flocken en masse ab. Mit dem Schwamm drüber und alles wieder gut, war es beim besten Willen und Rubbeln nicht getan. Das helle Cabrio-Dach blieb großflächig versengt mit einem Muster aus Brandpunkten, die an den Rückenpanzer eines in die Jahre gekommenen Marienkäfers erinnerten. Noch übler hatte es den robusten, nachtblauen Kombi-Klassiker erwischt. Sowohl auf, als auch in seinem doppelt lackierten Metall-Outfit prangten weiß umrandete Brandspuren. Robert entschied sich, innerlich vor Wut brennend, in die Offensive und rüber zum Franzosen-Nachbarn zu gehen.
Es gelang ihm, sein Widder-Gemüt zu zügeln und verbal die Contenance zu bewahren. Der Feuermacher bequemte sich, die auf Französisch geschilderten Schäden selbst in

Augenschein zu nehmen. So schlimm könne es doch wirklich nicht sein, oder doch?
Irren ist auch in Südfrankreich menschlich und weit verbreitet. Mit einer spontanen Blässe im gebräunten Gesicht konstatierte der sich keiner Schuld bewusste Nachbar die Brandschäden. Mit diesen Auswirkungen seines kleinen Feuers habe er nicht im Traum gerechnet. Niemals. Aber eine Standard-Wäsche in der Autowaschanlage bei der Tankstelle unten im Dorf sollte den Schaden eigentlich problemlos beheben können. Für die Kosten komme er natürlich auf.
Robert einigte sich mit seinem einheimischen Nachbarn, dass er den Vorschlag gern akzeptiere, aber seine Zweifel habe, ob professionelle Wasser-Walzen Bürsten die Lackschäden beseitigen könnten. Der Franzose war da um einiges zuversichtlicher. Nach der Waschstraße würden die Fahrzeuge wieder wie neu strahlen. Ganz sicher. Und vor seinem nächsten Aufräumfeuer werde er Robert informieren, damit die Autos etwas entfernt vom Grundstück geparkt werden könnten. – Ja merci; sehr freundlich. Die eigenen Autos wegfahren, nur weil sich der Nachbar den Weg zur Grünabfall-Deponie sparen will.
Wie voraus zu sehen, trotzten einige Brandspuren auf der Karosserie im zweiten Versuch sogar dem Super de Luxe-Waschprogramm. Die erste Standard-Sparversion konnte sich mit dem Effekt einer Gartenschlauch-Wäsche messen. Von Robert darauf besorgt aufmerksam gemacht, sprang der Nachbar über seinen südfranzösischen Schatten. Er drückte ihm eine halbvolle Spezialpolitur-Plastikflasche in die Hand. Damit löse sich selbst Harz vom Lack. Robert solle das Zaubergel als Geschenk betrachten. Ein Dankeschön sei nicht nötig: unter Nachbarn helfe man sich doch gerne. Selbst wenn einer Deutscher sei. – Na prima, einfach formidable. Ein Hoch auf die deutsch-französische Freundschaft.

Immobilien-Tücken

Egal, ob ein Hausbau, ein Villenkauf, eine Renovierung oder Sanierung in Angriff genommen wird, sind zumindest in der Küstenregion von Saint Tropez viel strapazierbare Geduld und noch mehr nervenstarke Nehmer-Qualitäten gefragt. In diesem Provence-Gebiet in der Nähe des märchenhaften Meeres und den High Society Mekka-Metropolen hat alles, was in Deutschland mit einem Bausparvertrag finanziert werden kann, seine eigenen und ein paar gemeinsame Tücken.

Zum Verkauf frei stehende, wild bewachsene Terrains mit Meeresblick kosten – wegen den explodierten Preisen – mittlerweile mindestens soviel, wie beim Jahrtausendwechsel ein fertig gestelltes Mittelklasse-Anwesen samt Pool; und sind dennoch sehr begehrt.

Ist das Claim auf der geplanten Baufläche erst einmal von der Provence-Natur befreit – also ein kleiner Hain von Bäumen, Sträuchern und Büschen unwiederbringlich gefällt – kann an die individuelle Feriendomizil-Planung gegangen werden. Vorausgesetzt, das Terrain ist, wie von dem Makler mehrfach versichert, tatsächlich noch offizielles Bauland. Doch theoretisch existierende Bebauungs-Genehmigungen können aus den undurchsichtigsten Gründen sehr rapide verjähren. Es reicht schon ein kommunalpolitischer Wechsel bei den Gemeinderats-Wahlen. Oder der Sinneswandel im Elysee-Palast, dass auch die Provence-Küstenlandschaft ein paar mehr Naturschutzgebiete bekommen muss, ehe sie ganz zubetoniert ist. Allein deshalb ist es ratsam, einen ortskundigen Architekten mit guten Kontakten nach Paris und zu den diversen Ämtern für Baugenehmigungen von Beginn an in das Vorhaben einzubinden. Gegen eine großzügige Vorauszahlung, versteht sich.

Gelingt es, eine aktuell ausgewiesene Bestätigung für das erworbene Gelände als legales Bauland zu erhalten, kann die gemeinsame Planung mit dem Architekten, der natürlich einen guten Statiker als Freund zur Hand hat, in Angriff genommen werden.

Dabei ist viel Selbstinitiative gefordert. Denn offenbar haben die Reißbrett-Profis voneinander kaum abweichende Blaupausen für Neubauten im Kopf. Positiv ausgedrückt: bewährte provencalische Norm-Konstruktionen. Schon der Wunsch von einem großzügigen Balkon im obersten Stock erhöht die

Planungs-Umsetzung und das Honorar erheblich. Aus empirischer Sicht der diplomierten Spezialisten ist eine einzige kleine Terrasse im Erdgeschoß-Bereich doch eigentlich völlig ausreichend für Open-Air Aufenthalte. Aber bitte, der Kunde ist bei genügend Cash auch in Südfrankreich König, und so werden Sonderwünsche für das Baugesuch auf dem Plan möglich gemacht.

Nun muss nach der Einreichung des Baugesuchs noch vor der abgestempelten und unterschriebenen Genehmigung ein Projektleiter gefunden werden, der zu allen notwendigen Branchen-Unternehmen für das anvisierte Traumdomizil seriöse Verbindungen hat. Im Normalfall überhaupt kein Problem; denn der Hauptverantwortliche für die Domizil-Erstellung kann in aller Regel auf eigene Fachmitarbeiter zurückgreifen. Sehr günstige und gute, wie er behauptet.
Schwieriger gestaltet sich da schon der finanzielle Rahmen für die reale Bau-Ausführung gemäß den Sonderwunsch-Vorgaben des Besitzers in spe.
Beim ersten Treffen für den ausgearbeiteten Kostenvoranschlag des Baustellen-Chefs, dessen Höhe nur mit einem neuen, mindestens fünfstelligen Kredit zu stemmen wäre, muss der kommende Eigentümer viel Diplomatie walten lassen; mit bestem Wein und prominentem Premium-Pastis. Dann ist beim gemeinsamen Umtrunk ein Preis-Kompromiss zur späten Stunde möglich. Mit einigen Abstrichen an der ursprünglichen Vorstellung bei Petitessen wie Tür-Design, Sanitär-Ausstattung, Fensterqualität, Bodenfliesen, Küchen-gestaltung sowie Innen- und Außenbeleuchtung. Letztlich ist die Lösung so einfach wie das Ei des Kolumbus: einige einberechnete Leistungsangebote für die wunschgemäße Planungs-Umsetzung werden einfach komplett gestrichen. Luxus-Wünsche wie ein Pool, mehrere terrassierte Ebenen, eine private Boule-Bahn und ähnlicher Schnickschnack müssen eben von Fremd-Unternehmen ausgeführt werden. Und schon lässt sich ein kräftiger Abschlag in dem anvisierten Finanzierungs-Rahmen aushandeln. Der Bauleiter kann mit der von ihm zu erstellenden, abgespeckten Variante leben; allerdings nur, wenn auf ein paar offizielle Quittungen verzichtet wird. – Na daran soll es nicht scheitern.
Bleibt das Problem: wie jemand finden, der die Ergänzungs-Arbeiten für die anvisierte Urversion zu zivilen Preisen ausführt? Ein Tipp, der sich bewährt hat, ist: soviel als

möglich selbst oder von Freunden aus der Erstwohnsitz-Heimat machen lassen; und über Bekannte einen Transport aus Allemagne organisieren, damit das Material für die Sonderwünsche zum halben Preis, aber besserer Qualität in deutschen Baumärkten besorgt und in die Provence transportiert wird.
Durch den kostenfreien Quartieraufenthalt in dem fertig gestellten Rohbau kann dann jeder der befreundeten Fachmann-„Freiwilligen" an einer der teuersten Küsten der Welt quasi umsonst „Urlaub" machen. Er muss halt die meiste Zeit in seinem Spezialgebiet ein wenig malochen. Manchmal bis sich die Sonne verabschiedet hat. Doch eine sternenklare, laue Nacht hat schließlich auch ihre Reize. Wenngleich das Meer in der Dunkelheit mehr zu hören, als zu sehen ist.

Neben diesen kleinen operativen Herausforderungen ist die prinzipielle Schwierigkeit bei einem Neubau, dass ein Baugesuch völlig unterschiedlich lange Bearbeitungs-Zeiten hat. Somit maximal der Monat geschätzt werden kann, wann der erste Stein gesetzt werden darf. Erdaushub-Arbeiten sind von dieser Regelung ausgenommen; können sich aber als überhastete Aktion erweisen, sollte beispielsweise die geplante Lage des Pools nicht abgesegnet, sondern nur um einige Meter versetzt genehmigt werden. Tja, wer sich vorschnell selbst eine Grube zum Plantschengräbt, muss halt noch mal baggern lassen.
Beschleunigt wird der Stempel-Startschuss für das Bauvorhaben, wenn der Architekt einem unter der Hand verrät, welche Firmen für abnahmepflichtige Arbeiten wie Elektrik und Wasseranschluss an das öffentliche System beauftragt werden sollten. Ganz kostenfrei ist dieser Tipp nicht. Und offiziell dürfen die Scheine in dem diskret zu überreichenden Brief-Umschlag nie erwähnt werden. Hat man sich an diese „Parole du Sud" erst einmal gewöhnt, läuft im Prinzip alles wie geschmiert.

Die Problemchen beim Haus-Neubau sind komplett zu vermeiden, sollte ein zum Kauf offeriertes Domizil bei einem Makler angeboten werden. Und trotz einiger altersbedingter Macken mit etwas Phantasie im Kopf zur Paradies-Immobilie mutieren. Der aufgerufene, respektive in dem bebilderten Schaufenster-Aushang benannte Verkaufs-Preis ist durchaus

verhandelbar. Die Spanne dafür hängt davon ab, wie lange das auserwählte Wunsch-Objekt bereits leer vor sich hinsteht. Das können durchaus Jahre sein; oder nur ein paar Wochen. Die Courtage für das Maklerbüro passt sich dem Preisniveau an, das bei einer Einigung zwischen dem Verkäufer und dem – finanziell überprüften – potentiellen Kauf-Interessenten erzielt wird. Diese professionelle Immobilien-Vermittlung ist – trotz einer stets horrenden Provision für ein paar Telefonate und Besichtigungen – einem von privat zu privat durchzogenem Kauf zähneknirschend vorzuziehen. Denn spätestens beim Notar werden im Küstenbereich zwischen Nizza, Cannes, Saint Tropez und Toulon die obligatorisch notwendigen Dossiers für diverse Software-Eigenheiten der Liegenschaft zur Vorlage verlangt. Beispielsweise die Bescheinigung über die Termiten-Abstinenz des Gebäudes, der abgesicherten Funktions-Tüchtigkeit der Stromversorgung, dem Risikofaktor bei einem See- oder Erbeben, und der Wärmedämmung der Außenwände. Ein Maklerbüro hat diesbezüglich ausgezeichnete Kontakte zu seinen dafür autorisierten Ansprechpartnern.
Bei ohne Makler erfolgtem Besitzerwechsel gestaltet sich der Erhalt dieser verlangten Dossiers etwas schwieriger, langwieriger und kostenintensiver. Und die Resultate sind im ersten Versuch oftmals ergebnisoffen. Doch ohne positive Ergebnisse bescheinigende Dokumente geht für eine Grundbuch-Änderung gar nichts. Also muss eventuell nochmals Cash nachgelegt werden für die Überstunden des jeweils zuständigen Gutachters. Und das Mirakel nimmt seinen Lauf. Ohne dass etwas verändert worden wäre, ist bei der Nachprüfung plötzlich alles im grünen Bereich. Geld regiert nicht nur die Welt, sondern auch den guten Willen

Auf den ersten Blick als wahre Schnäppchen erweisen sich beim Hauserwerb triste, in grauem Beton wie Ruinen dastehende Rohbauten. Dahinter verbirgt sich meist das Desaster, dass dem Eigentümer die Kosten für die Fertigstellung seines zu optimistisch kalkulierten Traum-Domizils aus dem Ruder gelaufen sind. Und wenn der Bau mit keiner Kredit-Kohle mehr gefördert wird, ist Schicht im Schacht. Übersetzt für Nicht-Ruhrpottler: rien ne vas plus. Damit schrumpft der Preis für das halbfertige Anwesen auf die Forderung der Bank an den gescheiterten Bauherrn.
Ein weiterer Vorteil ist: mehr oder weniger offen stehende Grundmauern und Statik-Pfeiler bergen viele Interpretationen.

Der Käufer des neuwertigen Rohbaus kann mit ein wenig Cleverness die Behörden charmant austricksen. Es muss ihm nur gelingen, möglichst viel Fläche an den Außenseiten des Objekts als zwar überdacht, aber dennoch reinen Out-Door Raum darzustellen. Sozusagen vor Regen und zu heißer Sonne geschützte Örtlichkeiten, die natürlich nicht als Wohnräume, sondern nur vom Wetter unabhängige überdachte Terrassen dienen; wie jeder sehen kann, wo doch mindestens eine Seite sperrangelweit einen freien Blick in die Natur gewährleistet. Im Rahmen der Bauabnahme durch die Gemeinde gilt dies bei der Bemessung der Steuer somit als Freigelände.

Nach dem Besuch des – gelegentlich korrupt kooperativen – Bauamt-Sachverständigen gilt es, einen Glaselemente-Spezialisten aufzutreiben, der inclusive Türkonstruktionen die vorgetäuschten Außenraum-Lücken zu klassischem Wohnraum schließt; mit auf Maß gearbeiteten, doppelt isolierten Wintergarten-Elementen. Der Panorama-Blick kann nun auch im Winter genossen werden. Bei angenehm kuscheligem Innen-Kamin Feuer. Die Wärme dringt ja nicht mehr nach draußen, und die Kälte kommt nicht rein.

Ebenfalls sehr unterschiedlich zwischen der angegebenen und späteren tatsächlichen Nutzung sind nackte Keller-Räume. Was will der Beauftragte der Gemeinde zur Feststellung der Wohnraum-Steuer denn sagen, wenn ihm erklärt wird, dass die drei Untergeschoss-Örtlichkeiten als Waschraum mit Trockner, Weinkeller, Abstell- und Hobbyraum vorgesehen sind. Auch eigene Meinungen und Vorstellungen können sich im Lauf der Zeit schließlich ändern. Allerdings vorsichtshalber erst, wenn der erste Wohnbereich-Steuerbescheid amtlich zugestellt ist; und die bemessene kostenpflichtige Quadrat-meterzahl ein einziger Witz ist, über den der Eigentümer innerlich nur jubeln kann. Es empfiehlt sich dringend, dem zuständigen Amt sofort eine Einzugsermächtigung von einem französischen Konto zukommen zu lassen, damit alles Jahr um Jahr seinen gleichen, finanziell viel zu niedrig eingestuften Lauf nimmt. Denn die als Waschraum, Weinkeller und Außenmöbel-Refugium angegebenen Räume verwandeln sich nach einer gewissen Karenz-Spanne in ein recht stattlich zu vermietendes Apartment mit zwei Schlafzimmern und einem Wohnraum samt integrierter amerikanischer Küchenzeile. Südfrankreich ist teuer genug. Da gilt diese Filou-Finte als Kavaliersdelikt und hat mit Betrug soviel zu tun, wie der fünfstellige lebenslange Ehrensold für einen verlogenen Quartals-Bundespräsidenten in Deutschland.

*

Kostenintensive Überraschungen gibt es eh noch genug. Zum einen voraussehbare – weil allgemein bekannte – wie beispielsweise die halbwegs pünktliche Einhaltung von abgesprochenen Terminen für einen klar umrissenen Handwerker-Auftrag. Ohne höfliches, aber bestimmtes Nachhaken eine Woche vor dem vereinbarten Umbau-Beginn des Souterrains kann es teure Verspätungen geben: denn sind die wegen der geplanten Miet-Appartement Verwandlung nötigen Innenwände von dem Maurer, mit dessen Einsatz alles beginnt, nicht rechtzeitig fertig gestellt, bedauert sowohl der Elektriker, der Klempner und fast zeitgleich der Maler, dass die im Kostenvoranschlag festgelegten Wochentag-Vereinbarungen nun leider nicht mehr zu halten sind. Aber es finden sich bestimmt Ausweichtermine. Und sei es – periodisch getaktet – an mehreren Samstagen, wenn´s sein muss auch Sonntagen hintereinander. Dadurch steigt der Kostenaufwand zwar ein wenig; aber die eigentlich angedachte Lösung, alles synchron in einer Woche durchzuziehen, würde sich wegen der vollen Auftragsbücher um Monate verschieben. Wer will das schon.

Als Alternative, die halb legalen Facharbeiten von diversen Spezialisten durchführen zu lassen, die das Wort Pünktlichkeit ganz speziell interpretieren, bleibt nur die Suche nach einem Allrounder, der für alles ad hoc erfahrene Könner zur Hand hat. Angeblich – und manchmal tatsächlich.
Ein Typ wie er und seine Crew sind meist in den wenigen noch existierenden typisch provencalischen Bar-Kneipen zu finden. Diese aussterbenden Spezies von Lokalitäten sind mit etwas konspirativem Talent leicht auszumachen. Es muss nur beobachtet werden, wieviel ein französischer Gast in einer von proletarischer Patina gezeichneten Provence-Pinte für ein Glas Wein bezahlt – im Vergleich zu einem womöglich auch noch sprachlich unbedarften Touristen. Schlägt der Kneipenchef bei der Rechnung des Urlaubers ganz individuell eine private Kurtaxe drauf – für Flüssigkeiten aller Art, außer Leitungswasser – dann weiß man: hier bin ich richtig für

Kontakte zu einheimischen Originalen, die praktisch alles möglich machen können.
Natürlich nervt die dreiste Abzocke des Kneipers ein wenig. Doch dafür versorgt er einem bei einer Kauderwelsch-Nachfrage mit der Portable-Nummer des Besten der Besten für die mit Händen und Füßen beschriebenen Komplett-Arbeiten. Und nicht nur das: ein Tresengast wird bei seinem Vornamen hergerufen; und schon steht der potentielle Chef des geplanten Unterfangens neben einem. Per Handschlag wird ein zeitnaher Besichtigungs-Termin vereinbart. – Warum eigentlich nicht gleich morgen? Aber klar, Anruf genügt.
Bei soviel Entgegenkommen geht die nächste Runde selbstredend auf den neuen Freund aus Allemagne, der Schweiz, Belgien oder Paris. Natürlich zum Touristen-Tarif. Und die zufällig anwesenden Mitarbeiter des Besten der Besten lassen sich nicht zweimal bitten, doch auch auf ihren unverhofften, neuen Arbeitgeber anzustoßen.

Der verabredete Vor-Ort-Termin verläuft verdächtig positiv: die gewünschten Umbau-Arbeiten und Neu-Installationen – alles überhaupt kein Problem, wie der Oberboss aus der Kneipe versichert. Seine erfahrenen Mitarbeiter meistern das. Wieviel Aufwand genau die Fertigstellung in Anspruch nimmt, ist bedauerlicherweise nicht kalkulierbar. Deshalb ist eine tägliche Abrechnung der geleisteten Stunden in bar auf die Hand obligatoire. Die gesamte Tagesbezahlung geht zunächst an ihn; er verteilt sie dann weiter. Und ein kleiner Vorschuss, nicht mehr als vierstellig, wird die Beschaffung des benötigten und gewünschten Materials rasant beschleunigen. So könnte eventuell schon übermorgen ans Werk gegangen werden.
Erkundigt sich der – wegen seines bereits im Internet zur freien Vermietung angebotenen Apartments, das es noch gar nicht gibt – momentan etwas nervöse Besitzer nach der Höhe des Stunden-Salärs, fällt die Antwort diplomatisch aus: unterschiedlich, je nach dem spezifischen Spezialgebiet. Aber immer äußerst günstig – solange keine offizielle Rechnung nötig ist. Allein die Mehrwertsteuer verteuert doch alles völlig unnötig. Und das nicht zu knapp.
Ein Handschlag, ein großzügiger Vorschuss-Scheck und einige Gläser Pastis besiegeln den Auftrag: ab morgen Vormittag geht´s los. Und alles wird bis zur ersten Vermietungs-Buchung fertig. Garantiert. Ist unter Freunden doch Ehrensache.

Eine nicht ganz billige Freundschaft, wie sich bei der ersten Abrechnung für die rund fünf Netto-Stunden gemächlich durchgeführten Arbeitsleistungen schon am ersten Tag zeigt. Irgendwie muss da die von Mittag bis zwei Uhr genommene Mittagspause mit einberechnet worden sein. Ein Usus, der sich jeden Tag wiederholt. Etwas ärgerlich, aber wer keine Wahl hat, schluckt fast alles. Denn bei einer höflichen Reklamation wird glaubhaft ausgeführt, dass die An- und Abreise zur Baustelle natürlich auch als Arbeits-Zeit gelte; generell und bei den Spritpreisen sowieso. Der Apartment in spe Vermieter schluckt und nickt gequält verständnisvoll. Denn eigentlich kommt der ganze Tross immer zusammen in einem siebensitzigen Kleintransporter. Offenbar ist Beifahrer sein in Südfrankreich auch harte Arbeit. Für die Nerven ganz sicher.

Dafür kann man nicht meckern bei den Fortschritten, die an den hochgezogenen Mauern zu sehen sind. Auch die Kabel-Schlangen und zig Steckdosen flößen Vertrauen für die Elektrik ein. Eher skeptisch erscheinen einem da die meist flexibel biegbaren Anschluss-Schläuche für die Wasserzufuhr. Doch die Abfluß-Rohre und Siffons sind ja alle aus biegbarem Plastik; allerdings noch nicht ganz passgenau. Per Laubsäge wird das passend gemacht. Pas de probleme.
Vorsichtiger Optimismus verbreitet sich allerorts auf der Apartment-Baustelle. Manche Mauer ist bei der Nachmessung nicht ganz d`accord mit der Wasserwaage. Doch immer noch in der üblichen Toleranz. Und nach einer Flasche Rosé total kerzengerade.
Als die fristgerechte Fertigstellung der zu vermietenden Räumlichkeiten nur noch zwei bis drei Wochen entfernt ist, geschieht bei einem Freund von Robert und Anne das Unfassbare: die Gendarmerie rückt an. Da rutscht einem das Herz schon mal in die Boxershorts. Sollte der Trick mit der Keller-Raum Nutzung aufgeflogen sein und eine Festnahme bevor stehen? Der Reflex, sofort seinen Anwalt anzurufen, ist nicht verkehrt. Wenngleich glücklicherweise auch grundlos. Denn nicht der Freund von Robert und Anne, sondern der Obermacher der Baustelle wird verhaftet. Weil der Großraum-Kombi – den er äußerst günstig von seinem Sohn erworben hat – gestohlen war. Nicht vom Vater, sondern vom Filius, doch den Letzten beißen die Hunde. Und präventive

Sippenhaft gehört zum Alltags-Repertoire der stets bewaffneten Uniformierten.

Nach Prüfung ihrer Pässe und Arbeitserlaubnisse kommen die Mitarbeiter des in Handschellen abgeführten Chefs mit dem Schrecken davon. Und machen sich kurz nach der Abfahrt des Blaulicht-Wagens vom Acker. Bis auf ein paar Werkzeuge wird alles stehen und liegen gelassen, das sich in und vor der Baustelle befindet: Betonsäcke, Tür-Rahmen, Sandhaufen, Fenster-Elemente und das komplette Sortiment für die Wasser-Anschlüsse. Die Helfershelfer sind bei ihrer fluchtartigen Sofortkündigung durch nichts zum Bleiben zu bewegen; nicht einmal mit einem Cash-Vorschuss.

Nüchtern hält das kaum ein Bauherr aus, wenn er vor einem solchen Fiasko aus halbfertigen Räumen und dem ungewollten Außengelände-Design aus Schutt, Paletten und mutierten Material-Maulwurfshügeln steht. Was bleibt, ist nur die Fahrt zu der urprovencalischen Kneipe.

Der Wirt kennt bestimmt auch den Zweitbesten der Besten für die prompte Fertigstellung des sich in etwas abenteuerlichen Zustand befindlichen Bauvorhabens. Auskünfte und Bezahlung natürlich gegen Touristentarif. Aber schnell muss es gehen. Denn jetzt zählt jeder Tag. In zwei Wochen erscheinen die ersten Mieter.

Der Kneiper gratuliert zunächst mal und spendiert ein Glas auf's Haus. Was für ein Zufall! Ein Vetter von ihm aus der Normandie-Baubranche ist gerade zu Besuch. Und sucht für sich und seine ausgebildeten Fachkräfte hier im Süden den Einstieg in das Bau-Gewerbe. Eine glückliche Fügung des Schicksals. Mit ihm wird alles gut. Nur keine Panik

Das jede Kalkulation sprengende Wunder geschieht: kurz vor Eintreffen der Premieren-Mieter ist zumindest das Wichtigste fertig und funktionstüchtig. Die kleinen Mini-Mängel vergraulen keinen. Wer in Südfrankreich privat günstig mietet, der weiß, dass ihn die Natur verwöhnen wird und jedes Quartier seine kleinen Macken hat. Doch solange das Wetter stimmt, stimmt auch die Stimmung.

Und jeder, der baut, um per Mieteinnahmen sein nicht überall bekanntes Konto zu füllen, macht die Erfahrung: die Kosten sind leider viel später amortisiert, als in den übelsten Alpträumen voraus gesehen. Dafür hat man neue einheimische Freunde gefunden, die man sogar mal im Knast besuchen kann. Die deutsch-französische Freundschaft ist eben einfach durch nichts zu stoppen.

Crime an der Cote

Laut offizieller Kriminalstatistik gibt es im Umkreis einer halben Tankfüllung von Saint Tropez praktisch überhaupt keine Verbrechen. Und wenn, dann nur sehr selten und vereinzelt. Einzustufen als marginale Kratzer an der heilen, teuren Welt am Meer der Provence. Touristen und Hausbesitzer können sich angeblich wirklich sicher fühlen. Klingt gut, ist aber leider nicht die ganze Wahrheit. Denn solange beispielsweise ein Einbruch samt Diebstahl ohne körperliche Blessuren, Verletzungen oder gar Blutverlust abläuft, versandet das von der Gendarmerie aufgenommene Protokoll eher früher als später im südfranzösischen Akten-Nirwana.
Allerdings erst nach der Übergabe des für die Opfer abgestempelten Durchschlags für ihre Versicherung. Ohne dieses von der Gendarmerie amtlich abgesegnete
Duplikat entfällt jeder Anspruch auf Erstattung des gestohlenen Hab und Guts.
Das finanziell bedeutsame Schriftstück erhält jeder, der am nächsten Tag des ihn betroffenen Diebstahls frühmorgens samt einer Liste der gestohlenen Gegenstände im Polizeigebäude erscheint. Dann heißt es: sich geduldig wie im Wartezimmer einer Arztpraxis in die depressiv blickenden Geschädigten der letzten Nacht einreihen; und beim Warten das Warten lernen. Bis Mittag wird man schon dran kommen.
Spätestens fünf vor Zwölf hält auch der letzte, gestern Geschädigte dann endlich ein Formular in den Händen, auf dem praktisch schon alles auf Amts-Französisch ausgefüllt ist. Das mitgebrachte, selbsterstellte Schreiben mit der Auflistung der Diebstahl- Gegenstände und Einbruchschäden wird unbesehen abgestempelt und an das offizielle Protokoll getackert. Zeit für Nachfragen bleibt auch dem Letzten, wie allen anderen, leider nicht. Die zwei bis drei Stunden dauernde High Noon Dienstpause der uniformierten Beamten steht an, und ist absolut obligatoire. Als nette Geste wird jedem Verbrechens-Opfer ein Kuli gereicht und bei den Papieren auf die Stellen gezeigt, die zu unterschreiben sind, damit alles seine Bearbeitungs-Ordnung hat. Sollte wider Erwarten irgendetwas aus der Diebesbeute gefunden werden oder gar ein Fahndungserfolg nach den Verbrechern gelingen, werde man natürlich sofort informiert. Sich aus eigener Initiative danach zu erkundigen ist bitte zu unterlassen. Das

behindert nur die Arbeit an aktuellen Fällen. Es beschleicht unwillkürlich jedes Einbruch-Opfer das Gefühl, in eine „Warten auf Godot"-Situation geraten zu sein. Erwähnt werden muss noch die charmant höfliche, aber im Unterton mit warnender Uniform-Autorität vorgetragene Empfehlung, über den kriminellen Vorfall bitte möglichst zu schweigen. Insbesondere vor der Presse und generell. Denn letztlich wird der materielle Schaden durch die Versicherung ja geregelt. Und bedauerliche Einzelfälle sollten nicht auf die generelle Reputation des illustren Urlaubsgebietes als relaxte, weil von Verbrechen verschonte Region abfärben. Man schluckt, geht und weiß genau: die Realität der Kriminalität in der Region sieht anders aus als die Statistik.

Lange wird sich – um die Touristenquote zu halten – das Deckeln von Diebstählen, Einbrüchen und Überfällen nicht mehr absichtlich geschönt präsentieren lassen. Denn die Verbrechen werden dreister, brutaler und kaum weniger; sie nehmen eher zu. Wer im Freundeskreis nicht betroffen ist, gilt längst als Außenseiter oder unglaubwürdiger Verschweiger. Aber wer gibt schon gerne freiwillig zu, dass seine teure Alarmanlage ihren Dienst verweigerte oder einfach mit einem brachialen Hammerschlag außer Gefecht gesetzt wurde. Und es keinen kümmerte, selbst wenn sie noch kurz geschrillt haben sollte. Die Nachbarn stellen sich trotz unüberhörbaren akustischen Notfall-Signalen in aller Regel taub. Bei Autos wie bei Häusern. Wer will schon Ärger riskieren, wo doch ein anderer den Schaden hat. Niemand. Also Ohren und Augen zu.

Die Zeit, bis bei einer Aktivierung oder Attacke auf das Alarmsystem der automatisch alarmierte Sicherheitsdienst oder die Gendarmerie eintrifft, reicht locker, lukrative Beute einzusacken und sich danach aus dem Staub zu machen.

Diese ignorierte Warnton-Variante tritt sowieso nur ein, wenn das Anwesen grundsätzlich bewohnt, aber wegen eines Rendezvous-Ausflugs der Besitzer, Bewohner oder Mieter für einige Stunden verlassen ist. Man verlässt sich dann aus Naivität auf das aktivierte Alarmsystem. Doch egal ob tags, abends oder nachts, die Langfinger kennen kein Pardon, wenn die Luft aus ihrer Sicht rein ist. Sie finden bei Villen auch am helllichten Tag unverfroren einen Weg, unbehelligt einzudringen und nach dem Raubzug wie unsichtbare Schatten zu verschwinden. Wählerisch sind sie dazu auch noch: nur wertvoller Schmuck wird stibitzt, Modeschmuck zurück gelassen. Und veraltete Handys oder Nullachtfünfzehn-Uhren bleiben unangetastet, wie auch der falsche Nerzmantel oder die Raubkopie einer Louis Vuitton Tasche.

Am besten geschützt gilt bei Kennern der provencalischen Banden-Szene ein Haus, wenn es leer steht und zweifelsfrei unbewohnt ist. Denn dann lohnt ein Einbruch kaum. Warum auch, wenn keine Digitalkamera, Schmuck, Laptop, I-Pad oder Smart-Phone, geschweige denn Geldbeutel in den verlassenen Räumen zu vermuten sind. Doch leider gibt es auch da – zugegeben rare – Ausnahmen: ein betuchter Holländer wollte seiner Liebsten ein standesgemäßes Geburtstags-Geschenk machen. Er erwarb – ohne ihr Wissen – unweit der Küste von den angeblich Reichen und Schönen eine Villa und ließ das Anwesen von einem Design-Berater einrichten. Der Kostenrahmen wurde bis zum Anschlag ausgereizt. Angesagtes Interieur hat halt seinen Preis. Nach der Fertigstellung der kompletten Inneneinrichtung waren es geradmal noch zwei Wochen bis zu dem geplanten Geburtstags-Fest in dem vom Feinsten ausstaffierten, schmucken Ferien-Domizil Präsent.

Zufrieden kehrte der Holländer wegen dringender Geschäfte, über die er nie Details verriet, in die Niederlande zurück. Um nach vierzehn Tagen mit seiner Frau und Kindern in das paradiesisch gelegene Ferienanwesen zu reisen. Er war sich sicher, dass die Überraschung mit der First-Class Immobilie zunächst alle sprachlos machen würde; um danach in eine wahre Jubel-Orgie auszubrechen.

Vorfreude kann manchmal leider trügerisch sein. Denn es empfing insbesondere ihn und auch den Rest der Familie bei der Ankunft zur Geburtstags-Party ein unvermuteter Schock: die Edel-Villa war komplett ausgeräumt. Selbst die teils vergoldeten Wasserhähne und Tiffany-Deckenlampen gab es nicht mehr. Nur noch nackte Wände. Ein gelungenes Happy Birthday Geschenk sieht wahrhaft anders aus.

Auf die insistierende Nachfrage des Holländers berichteten die Nachbarn, dass vor etwa zehn Tagen am frühen Vormittag ein Umzug-Speditions Möbelwagen mit großräumigem Anhänger an der Villa vorgefahren wäre. Auf den Firmennamen oder das Kennzeichen hatte keiner geachtet. Warum auch? Mitten am Tag wird doch keine Villa komplett ausgeräumt. Soviel kriminelle Chuzpe gibt`s doch nur im Film. Die kollektive Vermutung der Anrainer war, dass ein Todesfall oder ein beim Notar wegen einem Bank-Veto gescheiterter Kauf das

Ausräumen der Villa begründete. So etwas kommt ja schon mal vor.

Auch in Südfrankreich ist Irren menschlich, zumal die Privatsphäre der Nachbarn nach außen hin diskret und strikt respektiert wird. Angeblich. Trotzdem weiß natürlich jeder von jedem, was Sache ist; privat und beruflich. Für den Holländer blieb die Frage, woher die kriminellen Spediteure den Tipp über die nur für wenige Tage unbewohnte, bestens möblierte Villa hatten, bis heute unbeantwortet. Sein Kontakt zur Nachbarschaft ist seitdem verständlicherweise auf das Nötigste beschränkt; existiert bis auf ein paar Gruß-Floskeln praktisch überhaupt nicht.

Der Frau des Holländers war das leer dastehende Anwesen nach dem ersten Schreck gar nicht so unrecht: jetzt konnte sie bestimmen, wie es innen auszusehen hatte. Etwas belastend für ihren Gatten erwies sich der Fakt, dass er es bis dato versäumt hatte, eine Diebstahlversicherung abzuschließen. Das Budget für eine Neu-Einrichtung nach dem Geschmack seiner Gattin musste deshalb recht weit nach unten korrigiert werden. Manchmal hat nicht nur holländischer Käse, sondern auch ein holländisches Konto nicht vorhersehbare Löcher.

Leider schützt auch die recht lange Tagperiode unter der südfranzösischen Sonne selbst bei Anwesenheit auf dem Anwesen nicht vor unangenehmen Überraschungen. Denn flüchtet man sich vor der Hitze in den Pool oder unter die beschattete Meerblick-Terrasse gen Süden, wird meist vergessen, die Außen-Fensterläden der Schlafzimmer an der hinteren Nordseite zu schließen und von innen zu verriegeln. So mutiert es für geübte Einbruch-Profis zum Crime-Kinderspiel, die wegen der Lüftung gekippten Fenster oder Tür-Glaselemente mit einem stabilen Schraubenzieher praktisch geräuschlos aufzuhebeln. Ohne sie irreparabel zu zerstören, da dies Lärm verursachen und damit Aufmerksamkeit erregen würde. Mit einem in Kauf genommenen, überschaubaren Restrisiko, entdeckt zu werden und flüchten zu müssen, ist damit der Weg ins Innere der Villa frei.

Und während im Pool lustig geplanscht, oder am Außen-Esstisch edel und gutgelaunt gespeist wird, schleichen sich die dreisten Eindringlinge auf leisen Sohlen zu den üblichen Verstecken von Wertgegenständen. Selbst das Öffnen des Haus-Tresors ist kein wirkliches Hindernis. Hat er ein

Schloss, wird dies mit Eis- Spray behandelt. Danach ein kurzer, mit einem Handtuch abgedämpfter Schlag auf den Schlüsselzylinder und schon heißt es: Sesam öffne dich. Auch ein Zahlenkombi-Tableau an dem heimischen Mini-Fort-Knox, in dem sämtliche Wertgegenstände gebunkert sind, hält die Panzerknacker-Profis nicht auf. Mit einem Spezial-Spray sind die Fingerkuppen-Berührungen klar zu erkennen, und damit offensichtlich, welche Ziffertasten zuletzt benutzt wurden. Was folgt, ist ein keine fünf Minuten dauerndes Geduldspiel – dann steht auch die Reihenfolge der Tresorschloss-Nummern fest und die Tür offen.

Der jede Urlaubsfreude killende Schaden kann bei dieser ausgeklügelten Raub-Methode am ehesten verhindert werden, wenn beim Aufenthalt im Freigelände des Anwesens eine Tasche – mit sämtlichen Schmuckstücken, Schecks, Kreditcards und Bargeld bestückt – nach draußen mitgenommen wird. Der Tresor also von einem selbst ausgeräumt ist. Sein kostbarer Inhalt sollte gut getarnt mit einem auf die Tasche gelegten Badetuch unauffällig in Sichtweite vom Pool, den Liegen, oder dem Terrassentisch platziert werden. Auch wenn man aus eigenem Schaden oder dem von anderen vorsichtig und diszipliniert geworden ist: Open-Air Aufenthalte sind erst nach Sicherung sämtlicher gegen ungebetenen Hintereingangs-Besuch vorhandenen Schutz-Aktionen empfehlenswert. Das Schließen des Toiletten-Fensters gehört unbedingt dazu. Sonst könnte die Kacke trotz aller Vorsichtsmaßnahmen am Dampfen sein.

Denn wirkt das Licht und Durchlüftung garantierende Glasfenster auch noch so klein, zum problemlosen Einsteigen ist es für artistisch begabte Kriminelle absolut groß genug.

Neben diesem Outdoor Diebstahl-Supergau sollte vor allem bei Party- Festivitäten im Inneren des Anwesens darauf geachtet werden, dass sich beim Freiräumen der Garderobe – für das gegen Regen schützende Outfit der Gäste – in den bislang dort aufgehängten eigenen Jacken, Westen und Mänteln kein Portemonnaie mit dem üblichen Inhalt befindet: eine Handvoll Bargeld, die Kreditcards, Ausweispapiere aller Art, und die Fotos der Liebsten. Denn üblicherweise legt man diese Kleidungs-Stücke für die Zeit der lautstarken und trinkfreudigen Sause im Büro, oder Schlafzimmer ab. Und in aller Regel sind die Fenster in diesen Räumlichkeiten wieder nicht mit ihren Außenläden von innen verriegelt. Dies zu vergessen ist menschlich, vor allem, wenn ja sonst noch genug zur Vorbereitung eines gelungenen Privat-Events auf dem Zettel steht. Doch diese Nachlässigkeit kann sich tränenreich rächen.

Denn leider ist es ein Irrtum, zu glauben, dass der imposante Fuhrpark der Gäste – teils sogar im Bereich der Auffahrt – clever organisierte Profi-Banden von einem Einbruch abhält. Sie passen den Moment des Höhepunktes des Festes – oftmals der Menü-Hauptgang – ab, und entdecken mittels bloßem, unbemerktem Sichtkontakts durch Fenster oder Türen die kurzfristig in den Nebenzimmern deponierten Kleidungs-Stücke. Nach bewährter Manier wird sich mit einem belastbaren Schraubenzieher oder Glasschneider ohne auffälliges Geräusch Zutritt verschafft, und die zwischengelagerte Garderobe durchforstet: nach leichter Beute wie Geldbeutel, Schlüssel oder Handys. Auch Designer-Edelteile wie Lederjacken oder echte Pelzmäntel ohne vertickbaren Inhalt verschmähen die ungebetenen Gäste vor ihrer unentdeckten Flucht nicht. Diese werden als Zugabe mitgenommen. Es könnte im Laufe der Diebstahl- Schicht in der Nacht ja noch kalt werden. Und nur ein einziges Objekt auszurauben entspricht nicht dem Master-Plan der kriminell meisterhaft agierenden Voleure. Da haben sie sich George Clooney in Ocean 11 als Vorbild genommen. Drei Anwesen sollten es schon sein, damit sich der Adrenalin intensive Aufwand wirklich lohnt.

Für die betroffenen Festgastgeber bleibt nur zu hoffen, dass sie die böse Überraschung – nach der Abfahrt ihrer Gäste – möglichst rasch entdecken. Um unverzüglich noch in der Nacht per Anruf die Kreditkarten sperren zu lassen, damit der Schaden finanziell nicht ausufert.

Etwas aufwendiger ist die Wiederbeschaffung notwendiger Papiere wie Personalausweis, Führerschein, Fahrzeugschein und ähnlich Wichtigem, was die eigene Existenz und Fahrerlaubnis amtlich dokumentiert. Zur Legitimation der persönlichen Identität hilft bei französischen Amtsstuben die Vorlage der letzten aktuellen Stromrechnung ungemein. Mit diesem Dokument ist man per se glaubwürdig.

Wer hat eigentlich den Kopierer erfunden? Wahrscheinlich die Schweizer, das organisierteste Volk der Welt. Allein um bei den vielen vielleicht nicht ganz legalen Zweitkonten ihrer internationalen Bankkunden den Überblick zu behalten. Doppelte Buchführung braucht gedoppelte Unterlagen.

Wie auch immer – Kopien von offiziell wichtigen Dokumenten helfen bei der Wiederbeschaffung von Zweit-Originalen nach einem Diebstahl ungemein weiter. Manchmal allerdings nur mit einer beglaubigten Geburtsurkunde. Wer den Schaden hat, braucht gute Nerven, um alles wieder zu besorgen. Und verständnisvolle Beamte für Übergangspapiere diverser Art. Von leichter Verzweiflung getragene französische Sprachkenntnisse und der passende Geldschein für die Kaffee-Kasse können dabei äußerst hilfreich sein; und das Verfahren ungemein beschleunigen.

In Depression mündende Selbstvorwürfe, dass bei Diebstahl-Einbrüchen eine Mitverantwortlichkeit besteht, weil nicht an alle Sicherungsmaßnahmen gedacht wurde, sind völlig unangebracht. Wenn die Profi- Langfinger irgendwo rein wollen, dann schaffen sie das auch. Wenn es sein muss, zunächst mit martialischen Methoden wie dem Stemmeisen an den verriegelten Läden; und danach mit wirkungsvoll skrupellosen Anästhesie-Methoden in Form von hochdosierten Betäubungs-Sprays. Die nahezu lautlose Aktion ist perfide perfekt: Sie selbst schlafen tief und fest wie ein zufriedenes Baby, hören nichts von dem Knacken an dem einen Stock höher gelegenen Laden; und bekommen unbemerkt Besuch im Schlafzimmer. Ein Gemisch wird versprüht, das ihnen für eine halbe Stunde praktisch das Bewußtsein raubt. Ohne bleibende Folgen außer wahnsinnigen Kopfschmerzen und lang anhaltender Übelkeit. Und natürlich dem Verlust der Schmuckstücke und anderer Wertgegenstände, die auf oder in den Nachtschränkchen oder sonstwo im Haus deponiert waren. Ein zugegeben schwacher Trost ist, dass die Einbrecher wahre Kunstkenner sind, und die billigen, weil gefälschten Meister-Gemälde hängen lassen. Auch sonst haben die nachtaktiven Kriminellen durchaus Stil und Benimm. Sie fassen alles mit Glace- Handschuhen an. Nichts außer dem Nötigsten wie Tresorschlösser und Fensterläden werden zerstört; alles andere findet sich am Morgen sorgsam zur Seite geräumt, sollte dahinter ein Versteck für Wertvolles vermutet gewesen sein. Vandalismus ist etwas für plumpe Amateure, nicht für professionelle Villen-Piraten.

Leider hat sich diese in aller Regel ohne grobe Körperverletzung ablaufende Diebstahltechnik durch härtere kriminelle Varianten ergänzt. Möglicherweise, weil sich in

manchen Villengegenden Bürgerwehren von geschädigten Besitzern gebildet wurden. Deren Mitglieder patrouillieren, ausgerüstet mit Plastik-Geschoss Pistolen, nachts abwechselnd durch das Viertel. Als Antwort darauf hat sich ein Teil der von krimineller Energie getriebenen hardcore Individuen auf eine ganz und gar nicht spaßige Cashraub-Methode spezialisiert: mitten am Tag gelingt es einem Duo oder Trio, das ärmellose Westen mit Leuchtstreifen und einem fiktiven kommunalen Emblem trägt, auf ihr Anwesen und danach in ihre Wohnräume zu gelangen. Mit der verlogenen Begründung, die vorhandene Stromversorgung, eventuell veraltete Gasleitungen oder sonst etwas wie mögliche Schwarz-Anbauten überprüfen zu müssen. Ehe dieser kleine Schock überwunden ist, folgt die nackte Angst. Denn die unangemeldeten Gäste ziehen verdammt echt aussehende Waffen und machen klar, dass sie keine kommunalen Angestellten, sondern ein Begleit-Service zu den nächstgelegenen Bankautomaten sind. Wird ihren Anweisungen Folge geleistet, kommt niemand zu Schaden. – Wozu noch Krimis schauen, wenn man sie selbst erlebt.
Was wie ein Alptraum-Thriller anmutet, läuft folgendermaßen ab. Eine Person des Anwesens bleibt quasi als Geisel im Haus, die andere fährt mit allen Kreditkarten zusammen mit einem der Profigauner sämtliche in der Nähe liegenden Geld-Automaten ab. Sobald alle Konten von dem Creditcard-Inhaber cashmäßig bis zum Limit-Maximum abgeräumt sind, geht es wieder zurück. Und der Spuk hat Minuten später ein Ende. Ob ein gutes, sei dahin gestellt. Immerhin ist niemand verletzt worden und die getarnten Commune-Mitarbeiter düsen ab. Aber machen Sie ihrer Bank mal klar, dass diese Bargeld-Abhebungen nicht freiwillig vollzogen wurden. Die Wahrheit glaubt Ihnen doch keiner.
Mittlerweile sind von der Polizei in den besonders betroffenen Regionen Tag und Nacht laufende Überwachungskameras installiert worden. Bislang leider ohne greifbares Ergebnis. Die Täter haben das bisherige Operations-Gebiet wahrscheinlich verlagert. Den Opfern bleibt nur zu hoffen, dass ihre Banken ihnen diese real stattgefundene Räuberpistolen-Geschichte dank der Vielzahl von Betroffenen doch abkaufen, und den gestohlenen Betrag zurück erstatten. Die Hoffnung stirbt bekanntlich zuletzt, ist in diesen Fällen allerdings sehr von der Kulanz des Finanzinstituts oder persönlichen Beziehungen in die Führungsetage des Bankhauses abhängig.

Selbst diese Variante der periodenhaft inflationären Verbrechen gleicht einem Kavaliers-Delikt im Vergleich zu der Sicherheitslage in manchen, einst gutbürgerlichen Wohnvierteln der südfranzösischen Fischfang-Metropole Marseille. Die zur Provence gehörende Verwaltungs-Zentrale des Bouches-du-Rhone Departements liegt eine gute Stunde von St. Tropez entfernt, und gleitet doch an vielen Ecken in eine andere Welt ab. Die schleichende Okkupation einiger Stadt-Teile durch internationale, hochgerüstete Crime-Organisationen bedingt ein bleihaltiges Ambiente samt Drogenkrieg und Prostitution, wie man es sonst nur aus Brasilien kennt.

Soviel Touristenabschreckung rief mittlerweile das Kriminal-Dezernat in Paris auf den Plan. So versuchen nun seit Mitte 2012 zwei abkommandierte Elite-Einheiten der Gendamerie in der idyllisch am Meer gelegenen Metropole wieder die Reiseführer-Realität herzustellen. Nicht ganz einfach, denn Hummer und Hunger liegen an Südfrankreichs Premium-Küste inzwischen sehr nahe beieinander. Auch in beschaulicheren Regionen als der Bouillabaisse-Geburtsstadt. Denn erst kommt der Bauch und dann die Moral, wie wir seit Brecht wissen.

Diese Erfahrung musste auch ein Familien-Patron machen, während er mit seiner Frau und ihrem gemeinsamen Filius das Mittags-Menu in dem günstigsten, weil direkt an der Straße gelegenen Restaurant der Urlaubs-Hochburg Cavalaire sur mer, verspeiste.

In Macho-Manier erklärte das Familienoberhaupt den weiteren Wochenablauf für ihren Urlaub. Und konnte es nicht fassen, dass sein gerade eingeschulter Steppke ihn mit einem Aufschrei unterbrach. Ohne nach dem Grund für diesen emotionalen Ausbrauch zu fragen, herrschte der Vater seinen Sohn an, gefälligst zu schweigen, bis er selbst ausgeredet hätte. Ein paar Minuten später war der Familienchef mit seinen detaillierten Ausführungen über die Einkaufsliste und das Tagesbudget für den Urlaub endlich fertig und erteilte dem geknickt dasitzenden Kleinen das Wort. Der flüsterte nur, dass er seinem Vater vorhin habe sagen wollen, dass gerade ihr Auto draußen vorbei gefahren sei.

Kulinarische Kuriositäten

Der Reputation nach lässt es sich nirgends besser speisen als in la France und speziell der Provence an der Cote d`Azur : gegrillte Gambas, Coque au vin, Crevetten, Fischsuppe, Scampis, Loup de mer, halbierte Langusten und Hummer, eben alles vom Feinsten; eine Geschmacks-Gala für den Gaumen. Doch die Zeiten ändern sich; nicht in jeder Küche, aber in zu vielen. Vor allem in den Sommer-Monaten. Die Fast-Food Kultur ist – besonders in Richtung Strand – auf dem Vormarsch und okkupiert die Speisenkarten-Szene. Zu Preisen, die an die Abzocke an Tankstellen für Sprit in Ferienperioden erinnern. Nachzuvollziehen ist jedenfalls kaum, weshalb ein klassischer Burger in Meeres-Nähe nur mit viel Glück knapp unter einem zweistelligen Euro-Betrag bestellt werden kann. Die Pizza-Entgelte liegen bereits drüber. Und Pommes mit Muscheln, die es zu jeder Jahreszeit gibt – angeblich immer fangfrisch – sind noch ein wenig teurer. Obwohl die lieblos hausgemachten Soßen lange nicht das halten, was die Kosten dafür versprechen. War dieses Gericht für den normalen Hunger früher ein Genuss, ist es heute mit genügend Baguette ein Sattmacher. Mehr nicht. Noch existierende Ausnahmen sind eine Rarität. Wahrscheinlich hat in diesen Fällen gerade mal wieder der Koch gewechselt; und der Neue noch den Ehrgeiz, seinen Job zu behalten. Ein Elan, der rasch verfliegt. Bei Temperaturen um die fünfzig Grad am Arbeitsplatz – im Sommer unvermeidbar – kehrt rasch Routine ein, und Zeit zum Abschmecken bleibt kaum.
Deshalb wird auch fast jeder Salat ohne jedes Dressing, Marinade oder wenigstens mit einer Öl und Essig Mischung serviert; nur vegetarisch pur, meistens auch noch puristisch, kommt er auf den Tisch. Dabei liegt auch dieses gesunde, kalorienarme Gericht längst über der einstelligen Preisgrenze. Erst bei einer höflichen Nachfrage werden die flüssigen Gewürz-Zutaten nach einiger Zeit von anderen Tischen auf den eigenen gestellt; in Flaschen, die so warm und optisch appetitlich sind, wie ein außen speckiges, innen angeschimmeltes Marmelade-Glas. Bei der gestauten Wärme unter den Schirmen oder Markisen der familiengerecht ausgerichteten, ganzjährig betriebenen Restaurants in Strandnähe im Grunde genommen kein Wunder. Dennoch ärgerlich und sollte Mayonnaise in der Flüssigwürze sein, nicht gerade magenfreundlich.

Erwarten Sie in der Hauptsaison im Einzugsgebiet der Touristen-Hochburgen bitte auf keinen Fall, dass ihre Medium-Fleischbestellung wirklich saftig sanft rosa und zart serviert wird. Sie säbeln entweder an einer gummiartigen Ledersohle herum, oder müssen den Anblick von herauslaufendem Blut ohne Würgreiz ertragen können. Auch diese vorprogrammierte kulinarische Panne liegt an der Hitze. In der Sauna- Küche ist die Stimmung ziemlich aufgeheizt und kaum einer hat noch den Überblick, welche Fleisch-, Geflügel-, oder Fischspezialität bereits wie lange auf dem Grill liegt. Der gewünschte Garpunkt wird zum reinen Roulette-Spiel.
Eine geschmacklich, dafür fairerweise auch preislich etwas abgespecktere Art der Strandbuden-Gastronomie findet sich auf der Snack-Karte bei diversen, sehr speziellen Paninis: sie bestehen zu achtzig Prozent aus in der Mikrowelle erwärmtem Fertig-Teig und einer Füllung, die beim näheren Betrachten bestenfalls mit einer Lesebrille zu verifizieren ist. Der Gaumen stößt beim Versuch, den essbaren Inhalt zu identifizieren, an seine Grenzen. Gut, dass man nachlesen kann, was sich in dem Pappteig als Zugabe befinden soll.
Doch der negative Höhepunkt des einst angenehm charmant gestalteten französischen Speiseangebots sind die mit Soße gefüllten Kebab-Teigtaschen oder Grill-Hähnchen in Papiertüten zum Mitnehmen.
Da macht man in einem der schönsten Flecken Südeuropas Urlaub und futtert Salmonellen-Adler oder undefinierbare Fleisch-Stückchen. Doppelt oder dreifach so teuer wie in Allemagne. Aber wenigstens noch billiger, als das Tagesgericht in den Strandrestaurants. Und dazu gibt`s bei dem Geflügel eine kostenlose Gemüse-Sudbeilage in die Tüte. Für`s Aroma.
Der Auto-Beifahrersitz freut sich. Nach dem Transport der extrem typisch provencalischen Gerichte wird er endlich wieder mal gründlichst gereinigt. Denn es hat durch das aufgeweichte Papier ordentlich drauf gesuppt.

Lokalitäten mit diesem abenteuerlichen Speisen-Ambiente befinden sich beispielsweise in der Küsten-Gegend des Landungsorts der Aliierten – in Sichtweite der Rimini-Zone mit Jahr um Jahr immer weiter schrumpfendem, kostenlosem Strand für alle. Dieser Sandabschnitt ist nach einem militärischen Husarenstück der Alliierten benannt, als sie vom Meer her erfolgreich das bereits untergehende Dritte Reich attackierten. Daher leitet sich, wie in einem anderen Kapitel bereits ausgeführt, der Ausdruck „Plage Deparquement" – auf deutsch „Landungs-Strand" – ab. Die Grand Nation vergisst ihre heroischen Orte nicht. Zugegebenermaßen die Namensgebung hat etwas Luft nach oben. Bißchen pathetischer, wie sonst auch, hätte es schon sein können. Optionshalber „ Plage de Liberté". Allerdings könnten die in der Geschichte des Zweiten Weltkriegs nicht so bewanderten Hardcore-Nudisten dies falsch verstehen. Und am Meer der Provence ist zwar „oben ohne" geduldet, allerdings kein total freizügiges Adam- oder Eva-Kostüm. Außer in ausgewiesenen, abgelegenen, oftmals nur per Yacht zu erreichenden Buchten, die als Geheimtipp unter den Betuchten gelten.

In der Hauptferienzeit wird an den öffentlich zugänglichen Stränden der Platz für die eigenen Handtücher, Mini-Sonnenschirme und Klappstühle etwas beengt. Das Gedränge ist noch nicht ganz so extrem wie in japanischen U-Bahnen, aber fast. Werfen Sie aus Spaß mal einen leichtgewichtigen Wasserball schwungvoll in die Luft – er kommt überall runter, nur nicht auf dem Sand. Meist wird jemand von ihm touchiert. Immerhin eine günstige Möglichkeit für das Kontakt- Knüpfen von Urlaubs-Bekanntschaften.

Ganz und gar nicht günstig sind die – für maximal fünf Monate geschmackvoll aufgebauten – saisonalen Strandlokale direkt am Meer; mit hauseigenen, kostenpflichtigen Liegen samt Sonnenschirmen. Mietpreis pro Tag runde 50 €. In Buchstaben ausgeschrieben: fünfzig Euro für zwei Liegen und einen Parasol. Die horrende Summe erklärt sich aus der fast schon paranoiden Pacht, die ein Betreiber der nicht einmal für ein halbes Jahr genehmigten Lokalität in Meeres-Nähe an die Gemeinde abdrücken muss. Für den Betrag können Sie sich in Deutschland eine Zweizimmer-Wohnung in guter Lage kaufen. Dennoch vermehren sich diese für`s Auge mit erstaunlich viel Detail-Liebe errichteten, periodischen Premium-Strandlokale Jahr um Jahr. Was vielleicht auch eine optische Täuschung sein kann, da nur ein neuer, von Rendite-Illusionen beseelter Pächter den Platz von dem frustrierten Vorgänger übernommen hat. Und das Holzbau-Design, die mobile Bepflanzung, sowie das Interieur – was mehr ein Exterieur ist – geschmackvoll aufgepeppt wurde. Zugegeben, allein über den Preis des beschatteten Liege-Sets reguliert sich die Klientel. Denn es wird ja niemand gezwungen, sich in bequemen Luxus zu bräunen. Einige Meter weiter gibt es die Sonne genauso gratis wie das an Schlussverkauf erinnernde Gedränge.

Die Qualität der Speisekarte dieser saisonalen, auf nackten Strandsand gebauten Restaurants klingt recht hochklassig; und die überraschend perfekt gelungenen Gerichte werden – mit viel innerer Toleranz betrachtet – zu noch halbwegs gerechtfertigten Preisen serviert. Allerdings kosten 0,25 Liter frisch gezapftes, mittelklassiges, aber gut gekühltes Bier glatte drei bis vier Euro. Mindestens. Die Weinpreise sind diesem Niveau nach oben angepasst. Aber dafür wird auch kein minderwertiger Tafelwein serviert, sondern meist ein perfekt temperierter edler Winzer-Tropfen. Das schmeckt jeder, der Weinkenner ist, oder sich dafür hält. Auch die offen ausgeschenkten Hausweine grenzen preislich für ihre Qualität fast an einen Druckfehler auf der Getränke-Karte.

Dennoch, eine vierköpfige Durchschnitts-Verdiener Familie zählt nicht unbedingt zur Stammklientel dieser auf nobel getrimmten und gekonnt gezimmerten Haute-Volé-Lokalitäten. Der Familien-Clan kann sich aber dennoch wegen der anfänglichen Urlaubs-Euphorie aus Versehen in eine solche verirren.

Das Kreditkarten-Oberhaupt des Familien-Quartetts verbirgt mit viel Contenance halbherzig seinen kleinen Schock beim Anblick der Preise. Doch darin sind ja auch die Kosten für einen wirklich aufmerksamen Service, die Mehrwertsteuer und das Schmerzensgeld für die brütend heiße Küche integriert. So gesehen eigentlich ein kulinarisches Schnäppchen. Außerdem, wann sitzt man zum Speisen schon mal so bequem und nah am Meer; also darf jeder nach seinem Gusto bestellen. Schließlich sind Ferien auf gewisse Weise eine Art Ausnahmezustand. Auch und gerade finanziell. Dennoch isst das Familien-Quartet zum ersten und wohl auch letzten Mal derart feudal in noblem Open-Air Ambiente.

Bei Wiederholungen müsste das eigentlich geplante Rückfahrt-Datum vorgezogen werden – wegen grober Überschreitung des Urlaubs-Budgets. Wer es sich leisten kann, kommt natürlich jeden Tag, wird mit Namen begrüßt und trifft regelmäßig auf Gäste seiner Gehalts-Kategorie. Reich gesellt sich gern zu reich. Da spielt es keine Rolle, was wieviel kostet. Teuer ist in gewissen Kreisen relativ.

Bei der eleganten Präsentation der Rechnung braucht der einmalig spendable Vater seine Euro Scheine im Portemonnaie erst gar nicht nachzuzählen. Das Bargeld reicht nie. Jetzt nur keine Panik: Kreditkarten werden auch akzeptiert. Nicht alle, aber viele. Ein Bayer wird bei dem Betrag wahrscheinlich sagen: ja do legst di nieder. Aber auch das kostet auf den Liegen ja soviel wie vier Maß auf dem Oktoberfest. Also lieber standhaft bleiben und lächeln, auch wenn´s schwer fällt. Erfahrungen haben eben ihren Preis.

Bei dem pikanten Pacht-Obolus für die Strandlokale erscheint es irgendwie nachvollziehbar, dass der Außenbereich der kostenpflichtigen Liegeplätze immer weiter in Richtung Flutgrenze der Meereswellen wandert. Immerhin, knapp zwei Meter Sandstrand bis zum Wasser werden freundlicherweise für Spaziergänger und Jogger frei gelassen. Offiziell genehmigt ist diese Rendite garantierende Matratzen-Sonnenschirm Mammut-Ebene in einem solchen Ausmaß natürlich nicht. Aber geduldet. Noch. Irgendwie muss sich der horrende, immer nur für eine Saison geltende Vertrags-Tribut an die Gemeinde ja wieder amortisieren. Also schmiert eine Hand die andere – und das nicht mit UV-Schutz Lotion.

Als eine Alternative, am Strand gediegen aber ruinös, oder eben eher schlecht zu überhöhten Preisen essen zu gehen, drängt sich reflexartig die Selbstverpflegung auf. Nicht das Standard-Tischprogramm von zuhause, sondern die besonderen regionalen Leckereien wie beispielsweise frisch gefangener, respektive gekaufter Fisch für den Grill.
Um in einem Supermarkt an einen solchen zu kommen, braucht es allerdings einen wirklichen Kennerblick. Damit halbwegs abgeschätzt werden kann, wieviele Tage diese einst schwimmende Meeres-Ware bereits auf dem Eis in der Auslagen-Theke – optisch appetitlich präsentiert – liegt. Es empfiehlt sich, auf dem Preisschild das kleingedruckte Herkunftsland zu beachten. Sollte da ein ziemlich weit entferntes, exotisches Land benannt sein, dann gilt es, das eigene, etwas eingerostete Kopfrechnen zu reaktivieren: um Tausende von Kilometer zu überbrücken braucht es seine Zeit. Also kann das günstige Sonderangebot der vorgekochten Crevetten aus Indonesien unmöglich heute frisch gefangen, oder genau genommen von gestern sein, wie die Verkäuferin versichert. Für sie gilt der Anlieferungs-Tag als Maßstab für

die Benennung des Frische-Zustands. So hat es der Chef angeordnet.

Ist der feilgebotene Fang aus französischen Meeres-Gewässern, könnte für den Gaumen und Magen alles gut gehen. Allerdings nur, wenn beispielsweise die in zwei Kategorien unterteilten – im Preis unterschiedliche Doraden – wirklich professionell ausgenommen werden; ohne dass aus Versehen mit dem Fingernagel die Galle aufgeritzt wird. Was bei einem Discounter einem Wunder gleichen würde. Allein wegen der Zeit – vom Können mal ganz abgesehen – die eine solche Aktion in Anspruch nimmt. Da wird die Kundenschlange natürlich länger und ungeduldiger, als sie eh schon ist. Nicht selten ziehen die ganz hinten anstehenden Kauflustigen nach Minuten des Wartens einfach weiter Richtung Fleisch-Theke mit abgepackten Nahrungs-Portionen in jeder Größen-Dimension und in jeder Geschmacksrichtung. Da gibt es von Darmschnur umwickelte Bratenstücke, Grill-Würstchen, optisch dem klassischen Gulasch vergleichbare, unformatige Fleisch-Würfel, mit buntem Gemüse garnierte Mix-Spieße und angeblich perfekte Rinderfilet-Spezialitäten. Theoretisch das Beste vom Besten, was man sich non-vegetarisch vorstellen kann. Heimatliche Grill-Gaumen-Gefühle werden aktiviert. Eines der Angebote heißt übersetzt allerdings wirklich „falsches Filet". Wer dicke Fettadern mag, dem sei dabei bester Appetit gewünscht. Echtes Premium-Filet ist natürlich auch im Auslagen-Repertoire – als mit Abstand weit führender Preis-Champion für`s Kilo. Da ist mancher Metzger auf den provencalischen Wochenmärkten billiger.

Beim Kauf dieser von außen an der Oberschicht geschmackvoll appetitlich anzusehenden Zellophan-Packungen sollte ein Frust-Faktor miteinkalkuliert werden. Man weiß nie, was sich unter der verführerischen Außenschicht-Fassade verbirgt. Meist eine kleine Enttäuschung über die minderwertigere Qualität der vorportionierten Ware. Denn das zeitgerechte Abhängen von Geschlachtetem ist den französischen, en gros liefernden Fleischfabriken irgendwie fremd.

Doch noch existiert überall, meist in den Ortskernen der alten Dörfer und Städtchen mindesten eine kleine Metzgerei und ein faires Fisch-Fachgeschäft. Schenken Sie diesen einen Vertrauens-Vorschuß. Wenngleich für die vom Namen her gleiche Art Ware um einiges mehr zu bezahlen ist, als im Supermarkt.

Die Investition lohnt sich in aller Regel. Wegen der Qualität. Und die ganz speziellen Tipps zur Zubereitung, auch auf dem Grill, gibt es gratis; wie die – den Geschmack verfeinernden – Kräutervorschläge.

Garantiert frische Meeresware findet sich frühmorgens am Hafenpier, wenn der im Morgengrauen gestartete, betagte Fischkutter mit seinem Fang früh am Tag kurz nach Sonnenaufgang anlegt. Und seine Ausbeute von den Planken des Boot-Oldies verkauft.
In jedem Touristen-Ort mit Strand gibt es nur einen letzten Meeres-Mohikaner dieser aussterbenden Zunft. Denn leider wird das ins Netz und an die Angelhaken gegangene Angebot Jahr um Jahr ständig kleiner und deshalb teurer. Doch finanziell überleben will schließlich jeder; wenn`s sein muss vom unberechenbaren Meer, dessen Unterwasser-Bevölkerung längst überfischt ist. Die Delikatessen sind einfach weltweit begehrt, und damit eine lohnenswerte Rendite für die professionell hochgerüsteten Hochsee-Fisch-Unternehmen. Dennoch lohnt es sich – nicht nur moralisch – die nach traditioneller Methode zusammen gekommene Wasserbeute direkt bei dem vom täglichen Überlebenskampf im Gesicht mit Furchen gezeichneten Fischer zu erwerben – wegen der unvergleichlichen Geschmacks-Note. Da gibt es kein Problem mit einer eventuell unterbrochenen Kühlkette. Wie seit Generationen geht die Ware direkt aus dem geflochtenen Fangkorb in eine mit Eis gekühlte, stabile Plastik-Tüte. Meist zuvor in Zeitungspapier gewickelt. Tradition verpflichtet, ob sie Sinn macht oder nicht.

Aber wer will in den Ferien schon ständig selbst Kochen oder Grillen? Das bedeutet Arbeit und Abwasch, selbst wenn es nur Spaghetti Carbonara oder á la Bolognaise gibt. Eine Möglichkeit, dies zu umgehen, ist – sollten Sie als Mieter oder Besitzer eine entsprechende Bleibe bieten können – die abendliche private Menu-Einladung an die üblichen Verdächtigen unter den Urlaubs-Freunden. Eventuell ergänzt durch das Hinzukommen von neu gewonnenen, sympathischen Strandbekannten.
Das bedeutet dann einmal richtig Stress, denn drei Gänge – besser fünf – sollten schon aufgetischt werden. Diesen Aufwand nimmt man gern in Kauf, mit der Erwartung, bei den Eingeladenen auch mal Gast zu sein. Diese Hoffnung ist

trügerisch. Statt einer Gegen-Einladung erfolgt oftmals eine verlogen ausschweifende Entschuldigung, weshalb sich in absehbarer Zeit dafür leider keine Zeit findet. Wegen Terminen, Problemen in der Familie und einige Handwerker haben ihr Kommen auch noch avisiert. Aber spätestens zum Geburtstag wird garantiert schriftlich per Karte eingeladen. Die Wahrheit ist: genausogut können Sie auf Flaschenpost warten.

Bleibt als weitere, sehr zu empfehlende Variante die nicht ganz leichte Suche nach den regionalen Gastronomie-Geheimtipps: familiär betriebene Restaurants mit provencalisch traditioneller Küche. Zu Preisen, die einen auf angenehme Art staunen lassen. Da reicht das Bargeld locker für die dreigängigen Menus der unteren und mittleren Preis-Kategorie. Die Auswahl der Speisen ist zwar nicht überbordend luxuriös, aber alles schmeckt hausgemacht lecker.
Fragen Sie nach solchen Lokalitäten nur sehr diskret und ausschließlich langjährige französische Freunde. Denn die wissen, ob das angeblich kulinarische Kleinod den Besitzer und damit den Koch gewechselt hat, oder überhaupt noch existiert.
Manche dieser von der kulinarischen Qualität überzeugenden und kostenmäßig nicht überzogenen Familien-Restaurants finden sich teils gar nicht weit in den nahe gelegenen alten Orts- und Stadtkernen. Oder etwas weiter entfernt mitten in der Provence-Pampa als seit Generationen bestehende, sogenannte „Fermes"; also wortwörtlich übersetzt Farmen.
Sollte Ihnen der Sinn nach einem Ausflug ins Landesinnere mit späterer Einkehr in einen fast nur Insidern bekannten, von bäuerlichem Patina geprägten Gasthof stehen, dann heißt es kurvige Landstraßen zu meistern und vor allem: Augen auf. Damit Sie das putzig kleine, hölzerne, handgeschriebene Hinweisschild zu ihrem Ziel nicht übersehen. Der befahrbare Feldweg dorthin führt jeden Kilometer mehr in eine andere Welt. Die Umgebung wird Provence pur: wild bewaldet mit märchenhaften Baumlandschaften, blühenden Fruchtbüschen, beschaulichen Oliven-Plantagen und klein gehaltenen Weinfeldern. Das Herz lächelt bei jedem Blick. Und nach kleinen Verirrungen samt waghalsigen Wendemanövern ist das angepeilte Ziel erreicht.

Eine klassische Speisekarte gibt es in dem seit Generationen von der Familie geführten, gemütlichen Gastbetrieb nicht. Die angebotenen Speisen werden – mit Kreide auf eine Schiefertafel geschrieben – vorgestellt. Halt findet diese antiquarische Art der Angebots- Präsentation auf einer etwas wackeligen Malstaffelei, die an den Tisch gebracht wird.
Eigentlich möchte man alles bestellen, so lecker liest sich die Auswahl der komplett hausgemachten Gerichte. Und unfassbar angenehm niedrig sind die Preise. Der Weg hat sich gelohnt.
Den fast obligatorischen optischen Hingucker in Form einer Holz-Statue, eines handwerklichen Relikt-Werkzeugs oder sonst eines Symbols für den Namen des kulinarischen Geheimtipps findet sich im schlichten, aber geschmackvollen Design der Einrichtung nicht. Auffällig ist nur der etwas abseits in einer Ecke stehende Katzentisch, liebevoll eingedeckt mit Teller, Besteck, Gläsern und einer antiquarischen Vase mit frischen Blumen. Nur ein einziger einsamer Stuhl ist an ihm plaziert. Irgendwie seltsam.
Bei einem der nächsten Besuche in dieser altertümlich schmucken Gaststätte wird auf höfliche Nachfrage nach dem stets unbesetzten Tisch im hintersten Winkel von der Wirtin im Flüsterton erklärt, dass ihr Mann an die Legende von König Artus und seinen Rittern der Tafelrunde glaube. Und auch da war ja immer ein Stuhl frei gehalten für Merlin – der Sage nach der größte Zauberer aller Zeiten. Allerdings in der Normandie. Doch wer weiß, vielleicht macht er ja mal Urlaub von der Zauberei hier in der Provence. Und für diesen Fall ist dieser Platz als Hommage an seine sagenumwobene Magie immer für ihn reserviert.

Da ist er wieder, der eigenwillige Charme der wahren Provence. Möge er wie sie nie untergehen.

Weitere Bücher des Autoren-Duos

Annette & Norbert Sütsch

CLOCHMAR

Eine märchenhafte Freundschaft

96 Seiten
ISBN 3-8311-2558-9

Das einsame Leben der streunenden provencalischen Hunde-Madame Clochmar verändert sich schlagartig, als ein Pärchen aus Berlin in Clochmars Lieblingshaus Urlaub macht und Clochmar erkennt:

> Was das Schicksal dir auf der einen Seite nimmt,
> gibt es dir auf der anderen Seite wieder zurück.
> man muss die andere Seite nur finden,
> das ist das Problem im Leben.

Annette & Norbert Sütsch

CLOCHMAR

Das grenzenlose Versprechen

96 Seiten
ISBN 3-8311-2559-7

Die Fortsetzung der Clochmar-Reihe erzählt von dem Wiedersehen der vierbeinigen Titelheldin mit ihrem Freund und ihrer Gefährtin in der Provence. Die beiden sind rechtzeitig zum Frühling in das gemeinsame Paradies in der Nähe des Meeres zurückgekehrt. Als sie wieder fahren wollen, trifft Clochmar eine mutige Entscheidung.

Annette & Norbert Sütsch

CLOCHMAR

Der letzte Himmel

96 Seiten
ISBN 978-3-8391-336-9

Im letzten Band von Clochmar, der Hunde-Madame aus der Provence, erkennt Sie, dass Freundschaft überall zuhause ist. Vor allem, wenn man den ersten Schnee und die letzte große Liebe erlebt. Um danach dorthin zurück zu kehren, wo alles begann. Und nun letztlich auch endet. Doch niemals geht man so ganz...

Alle Bücher sind über den Internet-Buchhandel jederzeit und auch als e-books erhältlich.